文春文庫

ボナペティ！

秘密の恋とブイヤベース

徳永 圭

文藝春秋

TABLE DES MATIÈRES

目次

ボナペティ！

秘密の恋とブイヤベース

1

Entrée
アントレ

「いらっしゃいませー！」

ホールから佳恵《よしえ》の小気味良い声が聞こえて、西田健司《にしだけんじ》は宙にかざしたスプーンを止めた。ホール係が動き出す気配を壁越しに感じ取りつつ、眼前のふたつの皿に意識を戻す。

ルビーのように熟れた丸いトマトに、ふるふるとのっかるコンソメジュレ。冷えた皿にも点々とジュレを散らして、最後にセルフィーユ――別名フレンチパセリ――を飾れば、見た目も華やかな前菜の完成だ。

視線の高さに並んだオーダー票に目をやり、今なら行けるな、と判断する。

「こんにちは。佐藤《さとう》さん」

できたばかりの皿を両手に厨房を出て、窓際のテーブルへと近づくと、常連客の夫婦が揃ってこちらを見た。

「まあ！」

それぞれの前に皿をサーブしたとたん、よく似た丸顔に同時に喜色が浮かぶ。

ああ、料理人をやっていてよかった。心からそう思える瞬間だ。

「ええと、こちらがご注文いただいた前菜、ホタテと夏野菜の冷製トマトファルシです。トマトファルシというのはご覧のとおり、中をくり抜いたトマトを器に見立てた詰め物料理なんですが、この暑さですのでオーブン焼きではなく、冷製に。トマトは夏バテ予防にも良いですし、ぜひ器ごと召し上がってください」

「へえ。楽しみだわ」

「外はこの暑さだからな。八月らしいといえばらしいが、冷たいもんでも食べなきゃやってられんよ」

レモンの木が濃い影を落とす庭を見やって、夫が唇をへの字に曲げる。

「あ、ちなみにですよ！　ファルシの歴史はとても古くて、古代ローマ帝国時代の料理本にも載っているんです。古代ローマといったら、日本は古墳時代ですよ、古墳時代！」

そこでは鶏肉や野ウサギ、豚の詰め物として紹介されていて――と身を乗り出そうとしたのだが、レジ裏からの鋭利な視線に気がつき、すんでのところで口を噤んだ。

〝蘊蓄《うんちく》禁止！〟――

危ない、危ない。うっかり禁を破れば、またもや佳恵にどやされてしまう。

「はは……ごゆっくり」

健司はぎこちなく夫婦に頭を下げると、厨房に向かって回れ右をした。するとその途中、古民家を改造した店内が見るともなく目に入った。

ビストロ《メゾン・デュ・シトロン》開店から、早一年と少し。

ランチタイムに提供している日替わりセットは好評で、今日も肉・魚問わず、まんべんなく注文が入っている。客も皆満足そうだし、オペレーションに慣れたころから追加したアラカルトも、佐藤夫妻のような常連客の舌を充分に楽しませられているようだ。

が、しかし——。

厨房の入り口で立ち止まり、健司は我知らず眉根を寄せた。

カウンター込みで三十六ある席のうち、現在埋まっているのは六割ほど。けして閑古鳥が鳴いているわけではないのだが……。

日曜のランチタイムにしては空席が目立つんじゃないか？

庭にまで順番待ちの列ができ、ひたすら調理に追われていた数カ月前には、こうしてみずからサーブする暇などありはしなかった。客を待たせているのが申し訳なくて、直近のオーダーをどうさばくか、そればかり考えていた。

だから余計に、こうして調理の合間に余裕が生まれるたび、かえって不安に駆られてしまう。

そろそろ一度、佳恵さんと相談したほうがいいかもな。

足を止めたまま考え込んでいると、「西田シェフ？」と背後から声がした。

「オーダー入りますけど……何かありました？」

「いえっ、大丈夫です！」

訝《いぶか》しげなホール係にとっさに作り笑いを返し、健司は慌てて厨房へと引っ込んだ。

「んーーっ、お腹減ったーー！」

佳恵がサロンエプロンをばさりと外したのは、午後二時半を回り、最後の客を見送ったあとだった。

午後三時のランチ営業終了までは今しばらくあるものの、最近はこういう日もめずらしくない。出来たてほやほやの賄《まかな》いをトレーに載せ、健司もホールへ向かう。

「やった、タコライス！」

脱サラして《メゾン・デュ・シトロン》を開いたオーナー兼店長・長谷川《はせがわ》佳恵は、今年三十路入りする健司より六つ上。計算上はそのはずなのだが、今日も小学生男子のごとき喜びようだった。

客の前ではしゃんとして見えても、食い意地はこの場の誰よりも張っている。

「こうも暑いと、ピリッとしたのが食べたくなるわよねー。あとビールとか、ビールとか」

「呑まないでくださいよ。あ、そのトマト、配達のときにおまけでもらったものです。ちょっと虫食っちゃったからって」

「ふうん、味は全然遜色ないのに。ありがたくいただいちゃいましょ」

そんな雑談をいつものごとく交わしながら、皆でテーブルを囲んでタコライスを平らげる。

やがて昼間のアルバイトが帰っていくと、ホールには健司と佳恵のふたりだけになった。健司もお冷やを飲み干し、皿を下げようとしたのだが、佳恵はめずらしくぼうっと外を眺めていた。

「佳恵さん？」

「ああ、ごめん。ちょっと考えごと……。もしかして、最近のお客の入りのことですか」

「考えごとをね」

佳恵はかすかに目を見開き、バレたか、と苦笑する。

「どうにかしなきゃとは思ってたんだけど……そうね。まだ時間もあるし、このまま対策会議と行きましょうか」

健司は佳恵に指示され、洗い物だけ手早く済ませて戻ってきた。すると先ほどのテーブルには、印刷された帳簿が広げられていた。

その隣にはタブレット端末。タブレットは予約管理に使われているほか、POSレジ機能も兼ね備えているため、売上データの分析もかんたんだ。

「今のとこ黒字はキープできているけど、客足はいまいちねぇ」

言いながら液晶画面に指を滑らせた佳恵は、「見てよこれ」とタブレットを差し出した。

「先月の頭ごろから減り始めて、八月に入ってからはもうガックリ」

「うわ。本当だ」

「昼も夜も二回転はさせたいのに、今はせいぜい一回転ちょっとね。お盆までの予約も　ぱっとしないわ」

佳恵は両腕で頬杖をつき、しかめっ面でタブレットを覗き込む。

「あれですかね。飲食店に限らず、二月と八月は売上が厳しいっていう」

「ああ、ニッパチ？」

はい、と健司はうなずく。先日から自分なりに理由を考えていたのだが、それくらいしか心当たりはなかった。

「うーん、でもねぇ。それは私も考えたけど、売上が落ち出したのは先月からだし、二月もここまでじゃなかったでしょう」

「……はあ。言われてみれば」

「昨年みたいに、何かうちの店に問題があるってことは？　そのほうがまだしっくり来るんだけど」

彼女が言っているのは、昨年のオープン後、数カ月がかりでメニューや内装の改善に取り組んだときのことだろう。奮闘の甲斐あり、その後店は軌道に乗ったが、原因がわかるまでは心細くてたまらなかった。また同じ状況に陥っているのかと思うと、おのずと気分も沈んでしまう。

「ですけど、何か不満があるなら常連さんが黙ってないんじゃないですか？　皆さん毎回満足そうですし、来店頻度も落ちてませんよね」

「それは私も同感。てことは、減ってるのは純粋な一見《いちげん》さん？　もしくは、常連未満のリピーター？」

「その両方かもしれませんね」

「常連以外のお客、かあ」

天井を睨《ね》めつける佳恵を横目に、健司も厨房まわりに思いを馳せてみる。

が、不慣れだったオープン直後ならともかくも、現在のオペレーションに問題があるようには思えなかった。課題だった提供時間についても、すぐに出せるつまみを充実させたり、オーブンをフル活用できるようになったりして、他店と遜色ないまでに改善できたのだ。

「そうよねえ。まさか味が落ちてるってこともないでしょうし」

「いったい何が原因なんでしょうね」

「ホールのほうも、これといって思い当たらないのよねぇ……」

まるでオーナーとシェフ、ふたり揃って迷いの森に入ってしまったかのような閉塞感。なんだか釈然とせず、不本意ではあるけれど、今日はこのまま結論を持ち越すしかないのかもしれない。──そう思ったときだった。

沈黙を打ち破るように、庭の向こうから激しい車のブレーキ音がした。佳恵と顔を見合わせた直後、勢いよく扉が開け放たれる。

「ッカーー！　涼しーっ!!」

おっさんのような雄叫びとともに飛び込んできたのは、Tシャツを肩までまくった高木《たかぎ》リョウだった。

佳恵の会社員時代の同期である彼女は、健司より短いベリーショート。しかしその髪はしっとり汗で湿っていて、さらに後ろから現れた正真正銘のおっさん——リョウの彼氏の円山大輔《まるやまだいすけ》——も、ふうふうと息を荒らげている。

「あれ？　何か配達漏れでもありました？」

親戚のもとで農家見習い中の大輔は、千葉の農園から練馬区のここまで、週三で野菜を配達してくれている。しかし注文の品はすべて揃っていたはずだし、今日は配達日でもない。

健司が首をかしげると、リョウがエアコンの前に仁王立ちしたまま、大輔の代わりに「いや？」と振り向いた。

「外はこれこのとおり、直火で炙《あぶ》られてるみたいな暑さだろ。そんな中で配達手伝ってやってんのに、あのおんぼろ軽トラ、さっぱり冷房効かないんだよ。それでちょうど近くまで来たから、ちいっと涼ませてもらおうと思って」

「あのね。うちを勝手に避暑地にしないでちょうだい」

佳恵がすかさず睨むが、リョウはどこ吹く風だ。

彼女は熊のような彼氏ともども、「生き返るー」とエアコンの前でうっとりしていたのだが、しばらくしたあと、カーゴパンツのポケットから何かを取り出した。

「そうだ、これ。さっき駅前で配ってたぞ」

佳恵が受け取ったそれを横から覗けば、くしゃくしゃに折り畳まれたビラのようだ。

「何これ。《オステリア・ラーパ》……オープン記念？」

「イタリアンの店みたいですね」

緑・白・赤の三色があしらわれたチラシの中央には、大写しになったマルゲリータピザ。彩りの良いパスタやサラダ、肉料理やワインの写真も並んでいて、おおいに食欲をそそられる。

「へえ、雰囲気良さげじゃない」

「そうじゃなくてさ。見ろよここ。あんたら、うかうかしてらんないんじゃないの？」

呆れ顔でリョウが指差したのは、ビラの裏面に載った略地図だ。石神井公園の北、公園を挟んでちょうど《メゾン・デュ・シトロン》の反対側についた☆印は、たしかに同じ商圏内ではあるのだが――さらに目を引かれたのは、その下の一文だった。

「ん？　オープンは七月二日？」

思わず佳恵と同時に、テーブルに放置されていたタブレットを振り返る。

先月初旬から鈍り始めた客足。とりわけ減ってしまった、常連以外の客……。

もしかして、原因はこのイタリアンだったのか⁉

翌夕、東高円寺のアパートを出た健司は、自転車で三十分ほどかけて石神井公園駅までやってきた。月曜は週に一度の貴重な定休日だというのに、佳恵に「敵情視察に行くわよ！」と押し切られてしまったのだ。

ライバル店が気にならないわけではないが、なぜわざわざ駅で待ち合わせを？

佳恵の自宅は《メゾン・デュ・シトロン》の二階なのだし、健司にとっても遠回りだ。現地集合にしましょうと進言してみたものの、

——駄目よ、駄目駄目駄目！　駅からのルートも体感時間も、お客の目線で検証してみなきゃ！

ということらしい。

片手で自転車を支え、ロータリーの隅に佇《たたず》むことしばし。待ち合わせ時刻を数分過ぎ、しつこい蟬時雨と熱気にうんざりし始めたころ、佳恵は駅の反対側からけろりとした顔でやってきた。

「お待たせー。さ、行きましょうか……って、何？　どこかおかしい？」

「あ、いえ。佳恵さんの私服って久々だなと」

何しろ普段目にする彼女といったら、制服の白シャツと黒パンツか、気の抜けた部屋着くらいのものである。

しかし今日の彼女は、サマーブラウスにリネン調のタイトスカート。健司のスカウトに執念を燃やしていた、バリキャリ時代ともまた違った雰囲気だ。

佳恵は健司の視線の理由を察したようで、「ああ、これ」と不敵に笑ってポーズを決めた。

「擬態よ、擬態」

「ギタイ?」

「そう。私たちが同業者だってバレたら、あちらに警戒されちゃうでしょ。だから設定を決めたの。『数年ぶりに再会して旧交を温めることになった、学生時代の先輩後輩』。どう?」

「どうと言われましても……」

いい歳した男女ふたりだというのに、恋人という選択肢はないのかよ。

ついツッコみたくなったが、実際、無難な設定といったらそのへんなのかもしれない。彼女といちゃつく自分の姿など、健司もさっぱり思い描けないのだから。

そうして駅前を離れ、自転車を押しながら歩くこと約十分。ビラを片手に進むふたりの前に見えてきたのは、石神井池のボート場だった。

営業を終えて休むスワンボートを横目に、池のほとりの遊歩道を進む。この先も公園沿いに住宅が続くが、肌を刺すようだった日も陰り始めて、ランナーや犬の散歩をする人ともしばしばすれ違う。

「もうそろそろだと思うんですけど……」

何度目かにビラに視線を落としたとき、佳恵が前方を指差した。

「あっ、あれじゃない？」

通りに突き出るようにして立っていたのは、キューブ状の洒落たランプと、『Osteria Rapa』と刻まれた鉄製の看板。ガラス張りの店舗は間口も広く、煌々とした明かりが店内の活気を如実に表していた。

軒先で談笑している二、三組のグループは、おそらく空席待ちだろう。

「かなり賑わってますね。月曜の夜だっていうのに」

「そ、そうね」

「駅から徒歩十分。目の前が公園で、雰囲気も言うことないですね」

佳恵はぐうっと唸り、悔しげに店内を覗いていたものの、

「ふん、問題は味よ。かかってらっしゃい！」

と啖呵《たんか》を切り、ずんずんと入っていってしまった。

健司も慌てて追いかけると、席の予約をしてあったらしく、奥のテーブル席へと案内される。

ざっと数えた感じ、座席数は《メゾン・デュ・シトロン》の一・五倍ほど。細長い店内の向かって左半分をオープンキッチンが占めている。

立てたメニュー表の陰からうかがい見れば、料理人らしきスタッフは計三人。厨房内の立ち位置からして、それぞれピザ、パスタ、メイン担当だろう。

カウンター席の前には煉瓦造りの石窯らしきものもあり、スタッフが大きなヘラ状の

道具をふるってピザを取り出すたび、カウンターの客から歓声が上がった。

「ねえ、注文決まった？　適当に頼んじゃうわよ」

「ま、待ってください！」

急いでメニュー表を覗き込む。

すると「レストランの主戦場は夜！」と佳恵がつねづね主張しているだけあって、肉や魚の一品料理も存外豊富に揃っていた。

ついつい原価を想像してしまうのは職業病だが、店の規模が大きいからか、全体的に《メゾン・デュ・シトロン》よりも若干お値打ちな気がする。健司は敗北感から目を逸らして、偏《かたよ》りのないよう注文する。

「シーザーサラダと、生ハムサラミ盛り合わせ。それから鶏もも肉のガーリックソテー、アクアパッツァ……。佳恵さん、ピザとかも要ります？」

「もちろん。ピザはマルゲリータで、パスタは和牛のボロネーゼ。あとそれから、この白ワインをグラスでお願い」

「かしこまりました」

二人前には若干多めの注文を復唱し、ホール係が厨房へと戻っていく。健司はその背中が消えるのを見届け、小さく嘆息した。

他店をうらやんでも仕方ないとはいえ、コックが三人がかりでこなすメニューは《メゾン・デュ・シトロン》よりはるかに多い。今は健司と補助係のふたり体制で回しているけれど、もしも厨房スタッフを増やせるなら、キャパシティーを理由にメニューをあきらめずに済むのだろうか。これ以上人件費を上げるのは無理だと知りつつ、往生際悪く考えてしまう。

佳恵も佳恵で、満席になった店内には思うところがあったらしく、

「イタリアンと比べると、フレンチって敷居が高いのかしらね……」

と恨めしそうに頬杖をついた。

店のあちこちで弾ける賑やかな歓声は、気炎を吐いていた彼女の心をも沈ませてしまったようだった。

やがてグラスワインに始まり、注文した品が続々とテーブルにやってきた。

佳恵はやけを起こしているのか、食事もそこそこに呑み始めてしまったため、健司はひとりで心置きなく料理を吟味することにした。

サラダはまるやま農園の野菜に敵うものではなかったが、見映えもかけられている手間暇の面でも、安居酒屋とは一線を画していた。生ハムやサラミも、嚙み締めた瞬間、

「あ、美味い」と思う。イタリアンレストランとしての矜持がうかがえる。

鶏のソテーやアクアパッツァも値段を思えば申し分のないもので、健司は嬉しいような悔しいような、複雑な気分でフォークを止めた。

ホール係を呼び、自分にもグラスワインを一杯。

ケチのひとつでもつけられればよかったのに、これでは拍手を送るしかないじゃないか。お門違いの苛立ちをワインで流し込む。

すると佳恵も身を乗り出し、

「どーお、お味は」

と小声で尋ねてきて、健司は「美味しいですよ」と溜め息交じりにグラスを置いた。

「どれも基本に忠実に、細部までこだわって作っているのがよくわかります。厨房に入ってるのも、たぶん経験者ばかりなんじゃないかな。オープン早々、人気店になるのも納得ですよ」

「あー、だよねぇ。こっちのピザもパスタも美味しかったし、ワインの品揃えも気が利いてる。飲み会需要を手堅く押さえてるって感じがするもの」

彼女は組んだ手に顎を乗せると、残念そうに唇を尖らせる。

「思うに、飲食店が上手くいくかって、たんに味だけの問題じゃないのよね。いかにリピーターを増やすかが鍵ってよく言われるけど――」

「コスパとか、通いやすい立地とか？」

「そうそう。意識してるかはともかく、お客はそういうのを全部引っくるめて判断するでしょ。料理は気に入ったのに、店員の態度がムカついたからもう行かない、とか」

「……はは」

かつての勤務先が浮かんで、思わず口元が引き攣《つ》る。ムカついた結果、シェフと大喧嘩して出禁を食らった人なら目の前にいるけどな。

「あー、だからさぁー。結局のとこ、何かひとつを頑張ったらいいってもんでもないのよねぇぇーー」

佳恵はくだを巻くように愚痴ったかと思うと、「やめた！　今日はもう考えない！」と宣言し、残っていたピザに豪快にかぶりついた。

そういえば、先輩後輩設定はどこへ行ったんだ。同業者丸出しの会話だったな、と今さら気づいたものの、もはや取り繕う気力もない。

健司もちびちび舐めていたワインを置くと、皿を空にすべく、ふたたびフォークを手に取った。


ふたりで注文の品をすべて平らげ、店を出たころには午後九時をいくらか回っていた。

夕刻には人が行き交っていた公園沿いも、今はひっそりと静かだ。《オステリア・ラ－パ》から漏れる光と、ところどころに点《とも》った街灯。それだけが真っ暗な夜道を照らしている。

健司が店の脇から自転車を引っ張ってくると、佳恵はどういうわけか、元来た道とは逆方向へと歩き始めていた。

「佳恵さん？　帰るならこっちじゃないですか」

駅まで引き返す必要はもうないが、《メゾン・デュ・シトロン》は公園の反対側だ。

このまま行くより、公園の端まで戻ったほうが早いだろう。

そう思って声をかけたのだが、佳恵は「いいじゃないのよー」と手をひらひら振った。

「酔い覚ましにぐるっと歩きましょうよ。健司くんもそれ、酔ったまま乗ると捕まっちゃうわよ」

「あっ」

そうだった。今日は仕事の一環だからと飲まないつもりでいたのに、最後のほうは佳恵に煽られるがまま杯を重ねてしまった。

自転車を恨みがましく見つめる健司がよほど面白いのか、佳恵はけたけた笑っている。

健司はふう、と熱を持った息を吐き出し、自転車を押して佳恵のあとを追った。するとほどなく、《オステリア・ラーパ》の賑やかな気配が背後から消えないうちに、路傍に控えめな立て看板が出ているのに気がついた。

「『Belle《ベル》 Fleurette《フルレット》』……？」

『ブーケ・配達承ります』――両隣を一軒家に挟まれ、その建物も小さな民家のような趣を呈していたが、看板の手書き文字が〝ここは花屋だ〟と主張していた。

目を凝らせばたしかに、格子状のシャッターの向こうには大量の切り花。種類や色ごとに花器にまとめられたそれらは、まるで巨大なひとつの花束にも見える。

「……へえ。こんなところに」

閉店時刻を過ぎているのか、軒先は完全に消灯されていたものの、細長い店の奥、作業台らしき場所だけぽっかりと白く光っていて――

健司は瞬間、瞬きも忘れて立ち尽くした。

やや俯きがちに、手元のブーケを見据える女性。

おそらく同年代、自分よりやや年下だろうか。アンティーク調の明かりに浮かんだ優美な横顔もさることながら、その真剣な眼差し、何かに挑むような面持ちに強烈に惹きつけられた。

心臓が痛い。どくどくと脈打ち、驚くほどの熱が全身を巡っていく。

ここの店員か？

しかしそう思ったのも束の間、

「おーい、何やってんのよー！　健司くーん！」

佳恵の大声が静かな住宅街に響き渡り、健司は慌てて店先から距離を置いた。

ハンドルに力を込めて駆け出す寸前、もう一度だけ振り返る。表の騒々しさも奥までは届かなかったのか、彼女は彫像のようにブーケを見つめたまま、じっと物思いに沈んでいるようだった。

翌週の月曜、健司はふたたび《オステリア・ラーパ》の前に立っていた。前回の偵察はディナータイムだったが、今度は遅めのランチである。

厨房を預かる立場としては、昼間のライバル店も偵察しなきゃな、うん。

そんな口実を捻り出し、佳恵には内緒で来てしまった。自転車を店の脇に停め、落ち着かない気分で入店すると、

「いらっしゃいませ」

ピークの時間帯を過ぎているせいか、カウンター席に案内されるまではあっという間だった。

これは仕事だ、敵情視察だ。そう自分に言い聞かせてパスタセットを注文する。

ところが、いざ運ばれてきた明太子パスタを頬張り、味に集中しようと思っても、思考は腑抜けたように働こうとしなかった。ピンク色の粒々を真剣に見つめているはずが、ふと気を抜いた瞬間、ひとりでに瞼によみがえるのだ。

――先週、この数軒隣の花屋で見かけたあの女性。

僕、今年で三十だよな⁉ と我ながら引いてしまうが、あれ以来、寝ても覚めても思い浮かぶのは彼女の微笑みばかりだ（笑顔なんて見てもいないのに！）。

今のところは、かろうじて仕事に支障をきたしてはいない。だがおそらく、それも時間の問題だろう。

どうにかしなければ――。

その一心でこの地を再訪したものの、健司は結局、ほとんど味がわからないパスタを胃に詰め込み、心の中で厨房に平謝りして店を出た。自転車を杖代わりに、気持ちを奮い立たせて花屋へ向かう。

あの人、今日もいるだろうか。

そう考えただけでも胸が爆発四散しそうになりながら、おそるおそる近づいた店先には、先日と同じ立て看板が出ていた。それを認めた瞬間、心臓が大きく跳ねる。

「お、落ち着け……」

少し離れたところで立ち止まり、三回深呼吸。

覚悟を決めてえいっと店を覗くと、接客をしていたのは見覚えのない年配の女性だった。店先に出された切り花を前に、客らしき中年夫婦と談笑している。穏やかな会話が耳に届いて、強張《こわば》っていた肩から急激に力が抜ける。

そうだよな、毎日いるとは限らないよな。そもそも、あの人が店員だったかどうかもわからないんだし……。

健司は苦笑し、落胆と安堵とともに行き過ぎようとしたのだが、

「――何かお探しですか？」

そのとき、すぐそばからやわらかな声がした。

ひとつに結われた絹糸のような黒髪。自分の肩口からこちらを見上げる、まっすぐな瞳……。

「うえっ⁉」

その不意打ちのような近さに飛び上がりそうになり、さらに動揺のあまり、ハンドルを握っていた手の力を緩めてしまった。

「うわ、うわわわっ……！」

派手な音を立てて自転車が倒れる。視界の端で、客の夫婦が目を白黒させている。

「お客さま！　お怪我は⁉」

ああ……僕、都合のいい夢でも見てるのかな。

もう一度会いたい。そう願っていた彼女が、まさかこんな心配顔で覗き込んでくれるなんて――って、いやいやそうじゃないだろ！　呻きながら自転車の下から這い出し、どっと汗をかく。

「すみません！　おっ、お花は⁉　つぶれてませんか」

「大丈夫です。それよりお客さまのほうが」

「いえっ、僕も平気です。頑丈にできてますから！」

慌てて自転車を引き起こし、赤べこのごとく何度も頭を下げる。と、その動作のどこがツボにはまったのか、彼女はぷっと噴き出した。

「ふふっ、ふふふふっ」

情けないやら恥ずかしいやら、今すぐ穴を掘って埋まりたい。けれども彼女につられて力なく笑ううち、ほんの少しだけ救われた気がした。

彼女をこんなに笑わせられたなら、恥をかいた甲斐もあったかもしれない。彼女はまだ前屈みで肩を震わせているけど……って、いくらなんでも笑いすぎじゃないか？

「ちょっと、弥生《やよい》」

「店長」

「あなた、またそんなに笑い転げて……。お客さまにお怪我はなかったのよね。配達ももう終わったんでしょう。ご注文はうかがったの？」

「いけない。そうでした」

弥生と呼ばれた彼女は目尻を指先でぬぐってから、ごめんなさい、と健司に向き直った。

「ご注文が途中でしたね。今日はどういったお花を？　それとも鉢植えですか？」

「ええっと、実は――」

健司は苦しまぎれに店先を見回す。

どうする？　これだけ騒がしくしておいて、買うつもりはなかっただなんてとても言えない。しかし花の種類なんてさっぱりだし、贈るあてもない。

何かないか？　気軽に買えて、アラサー独身男性が興味ありそうなもの……と、パニックに襲われかけたとき、救世主のごとく視界に入ったものがあった。

「あっ、これ！　これにします！」

「かしこまりました。ご自宅用ですか？」

そう小首をかしげて尋ねてくれる彼女は、信じられないくらい可愛い。所作のひとつひとつまでたおやかだ。

そのうえ紙袋を渡されたときには、「ありがとうございました」と極上の微笑みまでついてきて、健司は胸が締めつけられるあまり、その場で失神するかと思った。

自転車のハンドルに紙袋をぶら下げ、夢見心地で《ベル・フルレット》をあとにする。

慣れた家路をたどるあいだも、なんだか綿菓子の上をふわふわ歩いているようだった。

＊＊＊

うだるような暑さに、蟬さえ沈黙する午後三時。賄いをさっさと食べ終え、自宅である二階にいったん引っ込んだ佳恵は、アイスキャンディーを咥えて一階の店舗へとふたたび下りていった。

健司くんにも分けてあげようか、と厨房を覗こうとすると、

「何ですかこれー‼」

その寸前、ホールから悲鳴が聞こえた。

ははぁと思いながらホールに出ていけば、案の定、一《いち》ノ瀬葵《せあおい》がカウンターの前で立ち尽くしている。

水玉柄のワンピースを着こなした彼女は、今日も今日とて西洋人形のように愛らしい。トレードマークの赤いベレー帽は夏仕様の麦わら帽子に変わっているが、帽子についた

お手製の大きな花飾りはしっかり健在だ。

「いらっしゃい」

嗄ったアイスキャンディーを片手に、とりあえず声をかけてみる。と、

「佳恵さん。これ……これ……」

葵はぎぎぎと振り向き、長い睫毛《まつげ》を悲痛に震わせた。

「うん、それね。健司くんが持ってきたのよ。昨日花屋で見かけた瞬間、ビビッと来て買っちゃったんだって」

「だからってこんな、一番目立つところに置かなくても！　お店の雰囲気ぶち壊しですよ」

憤慨する葵をまあまあと宥《なだ》めながら、佳恵もどうしたもんかと思う。

何しろ今朝方、健司が勝手にカウンターに置いてしまったのは、いかにも砂漠に生えていそうな立派なサボテンだった。空気清浄効果があるらしいですよ、と弁解じみたことも言っていたけれど、天井に向かってそそり立つその姿は存在感がありすぎる。

あまりインテリアに頓着しない佳恵ですら困惑しているのだから、こうして毎月、季節のドライフラワーや小物で店内を飾ってくれる葵にとっては看過できない事態だろう。

「サボテン……。私が完璧にコーディネートしたお店に、トゲトゲのサボテン……」

葵は放心したようにテーブルに突っ伏してしまい、佳恵は嘆息しながら厨房を一瞥《いちべつ》した。

めずらしく奇行に走った張本人は、葵が来ているというのに、いっこうに姿も見せないままだった。

「――で、どうしたんですか西田さん」

しばらく腕に顔を埋めていた葵は、もぞりと目元を覗かせると、恨めしそうに厨房を指差した。

「急にサボテンだなんて、全然らしくないですよね。グリーンに関心があるようにも見えなかったし……。この暑さで頭がやられちゃいました？」

よほど腹に据えかねているのか、普段はかぶっている猫が早くも脱げている。

「それがねぇ。あの子最近、様子がおかしくてさ」

どうおかしいんです、と眉をひそめた葵の向かいに腰かけ、佳恵は顔を寄せてささやいた。

「仕事はまあそこそこ、普段どおりやってくれてるのよ。でもなんていうか、どことなく上の空っていうの？　こういう休憩中とか、ぼーっと宙を眺めてたりして。話しかけても生返事なことも多いし、かと思えばいきなりサボテンでしょ。今もたぶん、中で座ったままぼけーっとしてるわよ」

「なるほど……。たしかに、西田さんにしては妙ですね」

「でしょう？　何か悩んでるような感じもしないし、よくわかんないのよねぇ」

「ちなみに、様子が変わったのはいつごろから？」

葵に訊かれて、佳恵はうーんと腕を組んだ。

「そんなに前じゃなくて、ほんとにここ最近……。ああ、先週の休みにふたりで敵情視察に行ったんだけど、そのときは普通だったと思う」

考えを整理するように二、三度うなずき、事の顚末を話していく。多少決まりが悪かったが、最近の売上減にも言及した。

「そのイタリアンに客を取られたっていうのは、ほとんど確定だと思うのよ。でも健司くんの腕が落ちたわけじゃないし、不可抗力みたいなもんでしょう？　だから変に焦らず、うちはうちで行きましょう、ってことで落ち着いたんだけど」

あーでも、やっぱり彼がおかしくなったの、そのへんからなのよねぇ。

佳恵が小声で独りごちると、葵はカッと目を剝き、額をぶつけんばかりに顔を突き出した。ゼロ距離で見る人形めいた真顔は、とんでもない迫力だった。

「わかりましたよ、佳恵さん。西田さんをおかしくしたものの正体が」

「えっもう⁉　さすが葵さん！」

「ある日突然、挙動がおかしくなる。しかも悲しそうなわけでもなく、ただぼんやりしてるだけ……。人をそんなふうに変えるものといったら、ズバリ恋です。彼は恋に落ちたんですよ！」

「えええ～、恋ぃ？　あの健司くんがぁ？」

「そうです。私の第六感はそう告げてます。その偵察に行ったイタリアン、可愛いホール係でもいませんでしたか？」

自信たっぷりに問われたものの、佳恵の記憶にある限り、あの日のスタッフは男性ばかりだった。女性もいたかもしれないけれど、佳恵たちとの接点はなし。健司がしきりによそ見をしていた覚えもない。

もちろん、顔面の良い彼はいつものごとく女性客の視線を集めていたが、それに彼自身が気づけるようなら、とっくに恋人のひとりやふたりはできているだろう。

佳恵がそう言うと、葵は「だからですよ！」と語気を強くした。

「あの鈍さといい、料理馬鹿っぷりといい、いかにも恋愛に不慣れって感じじゃないですか。もしどこかで一目惚れでもしようものなら、ティーンみたいな恋煩いしますよきっと」

「そうかなぁ」

釈然としない気もするが、もし仮にそうなら、由布子《ゆうこ》の耳には入れないほうが良さそうだ。

厨房補助のパートをしている彼女は、幼稚園児の娘の夏休みに合わせて八月末まで休みを取っている。けれども、その健司への崇拝は筋金入りだ。現在進行形の恋愛事情なんて知ったら卒倒しかねない。

まったく、次から次へと……。

増えるばかりの厄介ごとに、佳恵はうんざりとサボテンを睨めつけた。

その夜。腑抜けた健司を早々に帰した佳恵は、二階の自宅のベッドで胡座をかき、タブレットの帳簿画面を睨み下ろしていた。

さらにその隣、シーツの上に広がっているのは、『10％ＯＦＦ』と印字されたクーポン――精算時に受け取るたびに溜めておいたものだ。その数、この五日間で十二枚。反応がまったくなかったわけではないが、効果覿面《てきめん》だったとも言えない。そんな微妙な数字なのだった。

《オステリア・ラーパ》への対抗策として、クーポンつきのチラシを発行したのは先週金曜のことだった。

サービス券自体は過去に配ったことがあるが、チラシにつけたのは初の試みだ。前回のようにオープン直後でもなく、レジ操作も煩雑になるため今まで避けていたけれど、少しでも集客できるなら、と思い切ってトライした。

しかし新聞に折り込み、週末の朝にはリョウも駆り出して駅前で配ったにもかかわらず、最初の週末の結果がこれ。クーポンの有効期限までは間があるとはいえ、ここから巻き返せるとも思えない。

「難しいわね……」

佳恵は胡座を組み直して、がしがし頭を掻く。

《メゾン・デュ・シトロン》の客層は、おもに三十代から五十代。どちらかといえば多いのは女性で、新聞の購読者層とも合っているはずだった。

なのに結果が出ないということは、ポスティングに切り替えるべきか？　それからグルメサイトの掲載プランも、この機に見直したほうがいいのかもしれない。固定費削減のため、最安のプランで登録しているけれど、検索結果に優先的に表示してもらえる上位プランを試してみようか。

タブレットを睨んだまま、とりとめもなく考える。

一度足を運んでもらえば、きっと健司の料理に惚れ込んでくれるはず──。その確信に揺るぎはないのに、客はこちらの声には気づかず、他店に流れていってしまう。

自分の力不足が数字に表れている気がして、どうにももどかしい。

佳恵はタブレットの電源を落とすと、クーポンをひとまとめにして脇に押しやった。そして空いたところに疲れた身体を横たえようとしたのだが、前かがみになった瞬間、鳩尾《みぞおち》のあたりに違和感を覚えた。

「ん？」

首をかしげて、Tシャツ越しに手を当てる。一瞬モヤッとしたような、二日酔いに似た重さがあった気がする。

「おっかしいわね……。まさか夏バテ？」

もしくは、連日のアイスが負担だったのだろうか。たしかに最近、休憩中に欠かさず食べていたけれど──でもその程度で？　この私が？

それこそまさかだと思うが、今日の晩酌は念のためやめたほうがよさそうだ。

冷静にそう判じる一方、頑丈さが自慢の胃腸にまで裏切られた気がして、今度こそベッドに倒れ込む。情けなさが肌から染み出し、シーツにじわじわ広がっていくようだった。

九月に入ると熱帯夜の連続記録も途絶え、朝晩はいくらか凌ぎやすくなった。

しかしその日は昨夜の蒸し暑さがしつこく居座っていて、佳恵も開店準備をしながら何度も汗を拭っていた。

「健司くーん。今日のランチはどうする予定？」

気晴らしに厨房を覗くと、大鍋を手にした健司が「そうですねぇ」と振り返る。

「肉はバルサミコか何かで、さっぱりいこうかと。魚はいいのが入ったんで、ムニエルにするつもりです」

「スープは？」

「この残暑ですし、まだ冷製でいきますよ」

一時期よりはシャキッとした健司も、今日はコックシャツの袖を肩までまくっている。

厨房はホールよりもはるかに暑そうだ。

「あー、さっさと涼しくならないかしらね。食欲の秋が待ち遠しいわ」

おしぼりを温冷庫に突っ込み、ぼやきながらホールの掃除に取りかかる。

そうして時計の針が十の文字に差しかかったころ、表の門扉が開く音がした。開店の一時間前に出勤するのは、月初からパートに復帰した大隈《おおくま》由布子だ。

それを耳だけで察し、レジの準備に移ろうとすると、

「佳恵！　佳恵いるッ⁉」

その直後、ハーフアップの髪をぼさぼさにした由布子がよろけるように店に入ってきた。彼女とは二十年近い付き合いになるが、日ごろ冷静な彼女がこんなに取り乱すのはめずらしい。

「おはよう。いきなりどうしたのよ」

「ああ良かった。あのね、そこの公園の端でこのおじいちゃんが——」

言いながら由布子が身をよじり、佳恵はそこでようやく、彼女が誰かに肩を貸しているのに気がついた。

御年八十を過ぎたあたりだろうか。品の良いポロシャツに、サマーツイードのスラックス。銀に近い白髪の上にはパナマハットが載っているが、皺が刻まれた顔はほとんど土気色だ。暑さにやられて石神井公園の脇にうずくまっていたところを、通りかかった由布子が発見したらしい。

「すまんね、お嬢さん方……」

「いいえ、大変でしたね。うちで良ければどうぞ休んでいってください」

ちょうど出勤してきたアルバイトに残りの開店準備を任せて、エアコンがよく効く席

に老爺を案内する。彼は恐縮した様子で店内を見回していたが、冷たいおしぼりを渡すと心地良さそうに顔を拭いた。

佳恵の私物のうちわで扇いでやっていると、続いて由布子も、厨房からレモンの輪切りを浮かべたお冷やを持ってくる。

「よろしければこれも。軽く塩を振っておきましたから、塩分補給にもなりますよ」

老人は目を見開き、何か言いたげにグラスを見つめたあとで、口をつけるや半分近くを一気に飲んだ。グラスが空になったころにはもう、青白かった頬にもほんのり赤みが戻っていた。

「――で、おじいちゃん。今日はどちらへ行かれる予定だったんですか？」

佳恵は老人の隣に腰かけると、空いたグラスを受け取りながら問いかけた。

真夏よりマシだとはいえ、日中はまだまだ暑い。矍鑠《かくしゃく》として見えても、この強い陽射しは老体にはこたえるだろう。

出歩くなら涼しいうちに、とやんわり勧めてみたのだが、

「いや、何。もう目的は果たしたようなもんさ」

彼は独りごつようにつぶやき、なぜか嬉しそうに窓の外を眺めた。

「目的って……。ああ、もしかして公園でお散歩を？」

「季候が良ければそれも乙だが、今日は別件でな。心のマドンナに会いに来たんだ」

「はあ」

元気になってくれたのは幸いだったが、言っている意味がわからない。ひょっとして、いわゆるボケ老人だろうか。まさか徘徊？

本人に尋ねるわけにもいかず、由布子と困惑の視線を交わしていると、老人は「ところで」と咳払いした。

「長谷川という人はどなたかな」

「へ？　私ですけど……。オーナー兼店長の長谷川佳恵です」

ぎょっとしつつも名刺を取り出せば、老人は慣れた手つきで受け取り、したり顔で首肯する。

「そうか。長らく代理人に任せきりだったが、どんな店になったか一度拝んでみようと思ってね。庭の木もしっかり世話をしてくれとるようだし、いやあ、立派な店構えじゃないか。結構結構結構！」

「え――」

「もしかして――」

老人の高笑いにまぎれて、佳恵と由布子の声がシンクロする。

「おじいちゃんって、ここの元家主さん⁉」

それから間もなく、店内にはふたたび「ええっ！」と声が響いていた。具合が悪い老人を保護したと由布子から聞き、健司も厨房から様子を見に来たのだが、彼は事情を知るなりぽかんと口を開いてしまった。

当然の反応よね、と佳恵は思う。なんせオープン後一年以上も経ってから、いきなり元家主が訪ねてきたのである。

おまけに現状、庭のレモンの世話係はほとんど健司ひとり。

「ぼ、僕、お預かりしてるあのレモンを好き勝手に……料理にも使ってしまって……」

おどおどと声を震わす彼を横目に、佳恵は大きく息を吐く。

「それにしたって、いらっしゃるなら事前に教えてくだされればよかったのに。今日は施設からお越しになったんですか？」

岡部《おかべ》と名乗った元家主に尋ねると、彼は「いかにも」と微笑んだ。

「東京タワーの麓《ふもと》にある施設でな。いわゆるサ高住ってやつだ。前々から膝の具合が悪かったんだが、去年観念して手術した。リハビリが終わるまでは難儀だったが、足さえ治ればここらは勝手知ったる土地さ」

「それはそうでしょうけど……。お電話でも一本もらえれば、せめて駅まではお迎えに行きましたよ」

今回はたまたま由布子が通りかかったが、歳も歳だし、うちに来る途中で何かあったらたまったものじゃない。遠回しに苦言を呈してやると、

「電話ならかけたぞ」

岡部はあっさり言った。「それも何回もな」

「えっ、いつです？」

驚きながら記憶を探るも、心当たりはひとつもなかった。岡部ほど高齢の客はめずらしいから、電話を受ければ印象に残りそうなものなのに。

するとそのとき、「あのう……」と背後から控えめな声がした。

「僕、それっぽい電話なら何度か出ましたよ」

「私も」

健司に続いて、由布子まで手を上げる。

「今思えばそうかなってくらいですが、ご高齢の方だなと思ったら、すぐにガチャンと切られてしまって」

「え？　私のときは結構お喋りしたけど……。たしか、メニューとか訊かれてご案内したんだったと思う」

《メゾン・デュ・シトロン》にたびたび電話してくる高齢者など、そう何人もいないだろう。しかしどうして、両者のあいだでこうも態度が違うのか。

当の本人に率直に尋ねると、彼は「かんたんなことさ」と口をすぼめた。

「男とお喋りする趣味なぞ、私は持ち合わせておらん」

「そ、それで僕には毎回ガチャ切りを……？」

よろめく健司を無視して、岡部は傍らに立つ由布子を見上げた。その視線は熱く、もはや彼女しか目に入っていない様子である。

「あれはいつだったか……。由布子さんがはじめて電話に出てくれたときには、いよいよ私も補聴器の世話になる日が来たかと思ったな。聞こえには自信があったが、思わず耳を疑うほど、初恋の人に似ていたんだ。声も、話し方もな」

「え？　私が？」

自分を指差した由布子に、岡部は「そうさ」と目尻を下げる。

「とうに記憶に埋もれていたはずなのに、受話器から聞こえたたったひと声、それだけであのころに引き戻されてしまった。こうして会ってみて腑に落ちたが、おそらく骨格も近いんだろうな。面立ちもどこかあの人を思い出させる。恥ずかしながら、老いぼれの心がときめいたよ」

今にも手を握らんばかりの岡部の勢いに戸惑いつつも、佳恵は反面、納得のいく思いもしていた。

どうして自分が応対した記憶がないのか。由布子と話すのが彼の目的だったのだとしたら、自分のときもガチャ切りだったのだろう。そして自分の性格上、その場で怒ったきり、すぐに忘れてしまったに違いない。

「ということは、公園でお話ししたときにはもう私だと……？」

由布子が遠慮がちに尋ねると、岡部は「もちろん」と片目をつぶってみせた。

「私が見込んだとおり、電話口のマドンナは老人にも親切だった。それを身をもって味わえただけでも、ここまで足を運んだ甲斐があったというものさ」

時計の針はほどなく十一時を回り、《メゾン・デュ・シトロン》は定刻どおりに開店した。

せっかく訪ねてくれた岡部にはランチを振る舞うことにして、佳恵は急遽、彼のために窓際のテーブルを用意した。予約が立て込んでいた時期には難しかっただろうが、幸か不幸か、ここ最近は開店早々席が埋まることはない。

「私のことはお構いなく。隅で大人しくしておるよ」

岡部は本人の申し出どおり、はじめからそこにいたように窓際の景色に馴染んでいたものの、ときおりふっと、優しげな視線を庭へと向けた。青々と葉を茂らせ、たっぷりとした陽を浴びるレモンの木を、我が子のように慈しんでいるようだった。

一組目の客を通した佳恵は、あとをホール係に任せ、岡部の席まで注文を取りに行った。『本日のランチ』は日替わりメニューからの選択式で、それにスープとサラダがつく。

・豚ロースのグリエ　バルサミコソース　夏野菜のソテーとともに
・カンパチのムニエル　焦がしバターソース　パプリカのマリネを添えて
・ビストロ風ボルシチ　牛すね肉と千葉県産有機野菜のマリアージュ

「ほう、どれも美味そうじゃないか」

岡部は健司直筆のメニューを興味深げに覗くと、「これをあの若造が？」と厨房に向かって顎をしゃくってみせた。

「ええ。うちの料理はすべて、西田シェフが責任を持ってお作りしています」

「由布子さんは？　彼女はどうした。さっきから姿が見えんが」

「由布子は厨房ですね。西田だけでは回らないので、調理補助をしてるんです」

視線で奥を示したとたん、岡部はがっかりしたように肩を落とす。彼女にサーブしてもらえるとでも思っていたのだろう。

「で、ご注文はいかがしましょう？　肉も魚もおすすめですし、うちの人気メニューのボルシチもお選びいただけますよ。本日のスープは冷たいヴィシソワーズで、サラダも契約農家から直送。《メゾン・デュ・シトロン》自慢のお野菜です。ちなみにヴィシソワーズというのは――」

ジャガイモのポタージュのことで、と付け足そうとしたのだが、

「ああ、結構。それではカンパチのムニエルをいただこうか」

さらりと流され、おや、と思った。

「どうかしたかい」

「……いえ。ある程度ご年齢の行った方だと、説明を要される場合も多いんですが」

ためらいながら白状すると、岡部はそれだけで察したらしい。椅子の背にもたれて、

「私は海外勤めが長かったからな」と懐かしむように目を細くした。

「若い時分はあちこち行ったが、最後のイギリスがとくに長かった。都合二十年はいたかな」

そんな述懐に驚かされると同時に、佳恵はまたしても得心する。

どうりで、そこらの八十代とは雰囲気が違うはずだ。暑さにも崩れない身なりに、紳士然とした身のこなし。顔に刻まれた皺や痩せた手足は年相応ではあるが、背筋に一本芯が通ったような、理知的な印象を受ける。

女性限定で愛想が良いのも、もしや海外仕込みのレディーファースト？　いや、たんにプレイボーイなだけ……？

佳恵が想像をたくましくしていると、岡部は面白がるようにこちらを見上げ、用の済んだメニュー表を差し出した。

「しかしあいにく、食通というわけじゃないんでね。出された料理は喜んでいただくよ。施設じゃ減塩メニューばかりで、うんざりしていたところだったんだ」

そう申告したとおり、岡部は運ばれてきたムニエルをきれいに平らげた。高齢者には量が多いかと内心案じていたのだが、彼はその細身に似合わずなかなかの健啖《けんたん》家だった。

「カンパチとくれば和食と思い込んでいたが、洋風にもできるとはな。バターの風味もよく利いておったし、焼き加減もいい塩梅だった」

健司のことも多少は見直したようで、デザートのいちじくのソルベもぺろりと完食する。

皿を下げて壁の時計を見やれば、すでに午後零時半。岡部と同じく、一巡目の客はそろそろ締めに差しかかっていて、佳恵はホールとレジ台を慌ただしく行き来した。

岡部は食後の紅茶にときどき口をつけながら、賑わう店内を興味深そうに眺めていた。

店が静けさを取り戻したのは、最後のママさんグループが会計を終え、ぞろぞろと退店していったときだった。

ベビーチェアをレジ裏に片づけ、ふうとひと息。今日は乳幼児が何人もいたせいか、いつも以上に静寂が際立って感じられる。

「さぁさ、私たちもお昼よ！　座って座って！」

手を鳴らすと同時、由布子と健司が見計らったようにやってきて、人数分のどんぶりをテーブルに並べていった。今日の賄いは冷やしうどんだ。しっかり締められたうどんに、豚しゃぶとトマト、素揚げの茄子が載っている。

「そっちも美味そうだな」

店内に残っていた岡部が首を伸ばしてきたので味見を勧めてみるも、無言でかぶりを振られた。さすがに満腹らしい。

「いただきまーす」

ふたつのテーブルに分かれて手を合わせ、揃ってうどんを啜《すす》る。もちもちした食感に続いて、冷えた出汁と醤油の塩気。

「あーっ、夏はやっぱこれよねー！　汗かいた身体に効くー！」

「佳恵さん、冬にも『やっぱこれよねー！』ってかけうどん啜ってませんでした？」

「うっさいわね。炭水化物はいつだって美味《うま》いのよ」

「あら。炭水化物どころか、佳恵にかかればお肉もお魚も〝いつだって美味い〟じゃない」

由布子のツッコミに笑いが起き、ぐう、と言葉に詰まる。しかし事実であるので何も言えない。春夏秋冬、美味いものはいつだって美味いのだ。

昼食を終えると、ふたり入っていた昼のアルバイトも順に帰っていった。「お疲れさまー」と見送り、由布子はどうするのかと尋ねれば、今日は娘のお迎えの時間までゆっくりしていくつもりだという。

彼女は自前の茶葉で紅茶を淹れ、ポット片手に窓際へ寄っていく。

「岡部さん、アールグレイもいかがですか」

「おお。いただこう」

岡部も相好を崩し、お代わりも数度目だというのに、空いていたカップをさらに差し出す。さすがは英国帰りといった風情で、カップを持つ手もさまになっている。

彼はいたくご機嫌な様子でポットから注がれる紅茶を見つめていたのだが、

「そうだ！」

と突然声を張った。「なあ由布子さん。今日はもう上がりだな？」

「え、ええ。そうですけど」

「そいつは僥倖《ぎょうこう》。──おい、そこの！　西田とか言ったか、早う来んかい！」

「ぼっ、僕ですか⁉」

厨房で洗い物をしていた健司は、手を濡らしたまま慌てて飛んでくる。

「いいことを思いついたぞ。私はこれから、由布子さんとピクニックとしゃれ込もうと思う」

「ええっ」

「今からですか⁉」

あまりの突拍子のなさに、テーブルを拭いていた佳恵もあんぐりと口を開いた。

「なあに、ピクニックといっても公園はすぐそこだ。たしかあそこは芝生広場もあったな。これから日も翳ってくることだし、夕涼みには申し分なかろう。だからほれ、西田。何か詰めてくれ」

「何かって何を」

「なんでも構わん。軽くつまめるものだ。酒を出してる以上は肴もあるだろ」

頭ひとつぶん近く背丈が違うというのに、迫られた健司はたじたじだ。

「でもねえ、岡部さん。やっと具合が戻ったんですから、せめて日を改めましょうよ」

「そうですよ。お誘いは嬉しいですけど、このあと娘のお迎えもありますし……」

由布子とともに説得を試みるも、岡部の耳に届いた様子はない。むしろ説得すればするほど意地になってしまったらしく、彼は「無理です」と言う健司を苛立たしげに睨み上げた。

「なぜだ。これしきの頼みがどうして聞けない？　手の込んだものじゃない、今あるものを詰めてくれりゃあいいんだ」

「ですから、そんなかんたんなことじゃないんですって」

「金なら出す」

「出してもらっても、無理なものは無理です。うちには容器も何もないんですから……！」

ついに健司の口から悲鳴じみた声が上がる。

だがしかし、佳恵は次の瞬間、考えるより先に叫んでいた。

「待って！」

――フレンチって敷居が高いのかしらね。

いつかのぼやきが思い出される。それと同時に、目の前を覆っていた霧がすーっと晴れていく。

「……いけるかもしれない」

「は？」

「梃《てこ》入れ策よ、梃入れ策。売上をどう回復させるか、前から考えてたでしょう！」

佳恵は興奮に任せてふたりを引き剝がし、健司の肩を揺さぶった。

「この機にテイクアウト――ううん、いっそのことデリバリーを導入しちゃえば、ぐっと客層を広げられるんじゃない⁉」

2

Potage
ポタージュ

佳恵の思いつきによるデリバリー導入計画は、健司には信じがたい速度で進んでいった。「あれ便利だよな」とリョウにも賛同されたのをいいことに、佳恵がすぐさま行動を起こしたのだ。

「きみ、テイクアウトの経験ある？」

「はぁ。前に勤めてたカフェで多少は……」

なんて会話を交わしたかと思ったら、彼女はその翌日には保健所に出向き、衛生面などの相談を済ませてきた。

その後も大手デリバリーサービスへの加盟店登録、管理用の端末レンタル……と、健司がはっと気づいたころには、メニュー開発以外のすべてのお膳立てが整っていたのである。

「暑さもやっと和らいできたし、始めるにはぴったりの季節よね！」

そう豪語する佳恵は、相変わらずの突撃ブルドーザーだ。

彼女がこうなってしまうと、誰も手に負えない。唯一ストッパーが務まるのは長い付

き合いの由布子だろうけれど、
「健司くんのお料理を家でもいただけるなんて……♡」
と恍惚としていたから、今回は彼女もあてにできないだろう。
「ねえ、デリバリー用のメニュー決まった？　決まったらすぐ備品の発注かけるから
ね！」
そんな具合で日に何度も佳恵にせっつかれ、健司も迷いを吹っ切れないまま、いよい
よ腰を上げざるを得なくなった。
佳恵曰く〝起死回生の策〟らしいが、こんなに慌ただしく始めるデリバリーが、本当
に《メゾン・デュ・シトロン》のためになるものなのか。
売上のためだと自分を納得させつつも、言いようのない不安に心は重たく沈んでいた。

そうして、九月下旬。

『デリバリー始めました』と大きく書かれたチラシが、《メゾン・デュ・シトロン》の
入り口のドアに貼り出された。

「あらまあ。最近流行りだものねぇ」

「今度お願いしようかしら」

「ぜひぜひ。おうちでも気軽にお楽しみいただけますよ！」

厨房の中で耳をそばだてるまでもなく、そんな呑気な会話がホールから聞こえてくる。

いいよな、佳恵さんは。注文取って、せいぜいこっちを急かすだけなんだから。

内心ふて腐れつつ、黙々とニンジンを刻んでいると、作業台でサラダを作っていた由布子がこちらを向いた。

「デリバリー、注文入るといいわね。健司くんのお料理、もっとたくさんの人に知ってもらいたいもの。配達圏内の人がうらやましいわ」

なんと返せばいいのかわからず、あいまいに苦笑する。

どれだけ注文が入るか。入ったとして、うまく厨房を回せるのか……。この種の緊張は《メゾン・デュ・シトロン》開店時にもさんざん味わったが、いくら佳恵に掛け合ったところで苦手に変わりはない。

健司は積み上がったニンジンを見つめて、数度目の溜め息を吐き出した。

デリバリー開始にあたり、健司は佳恵にふたつの条件を出していた。

まずひとつは、店のオペレーションに差し障りのない範囲に受注を留めること。新しい試みを始めるからといって、店まで足を運んでくれた客の不利益になるようなことはしたくない。

店のサービスが落ちれば客は瞬く間に離れるだろうし、手軽なデリバリーを入り口に、ゆくゆくは来店してもらえるように――。デリバリーを受け入れた理由のひとつには、そんな思いもあるのだ。来店数を増やすどころか、それに逆行してしまっては意味がないだろう。

そしてもうひとつは、デリバリー専用メニューは、極力作り置きで賄えるものにすることだった。

冷めても美味しい総菜系や、店でも提供しているアラカルト。あるいは開店前にまとめて作っておいたものを、注文ごとにあたためる。それくらいなら、由布子やアルバイトにも頼めるはずだ。

慣れるまでは注文数が読めないだろうが、このふたつは譲れない。不退転の覚悟でそう伝えると、佳恵も理解を示してくれた。

――きみ、最近調子戻ってきたんじゃない？　ここんとこぼけーっとしてたのに。

感心したふうに肩まで叩かれたが、いったい誰のせいだと思っているのか。こんな状況に追い込まれちゃ、ぼけーっとなんてしてられないだろう。

健司はカウンターのサボテンを見やると、本日最初のオーダーが入ると同時に意識を切り替えた。

包丁を握り、手早く調理を始める。弥生に応援してもらえた気がして、魚を捌《さば》く手にもいっそう力がこもる。

「オーダー入ります。二番テーブル、魚ランチとボルシチ各ひとつ。デザートあり！」

「はい！」

「五番テーブル、肉ランチひとつ。デザートなし。追加でガーリックトーストひとつ」

「了解です！」

時計の針が進むにしたがい、調理待ちのオーダー票もじわじわ列を伸ばしていく。

と、健司の予想どおり、正午前にはホールからも容赦なく声がかかるようになった。

「健司くーん、デリバリー入ったわよ。Aみっつに、Cひとつ！」

「は、はいっ」

「もう配達手配しちゃってもいーい？」

「えーっと、もうちょい時間ください！　十分後で！」

焼いた肉を皿に盛りつけながら、今にもパンクしそうな頭を必死に回転させる。

デリバリーAは牛ほほ肉のワイン煮込みとバゲット、Cはベーコンとほうれん草のキッシュのランチボックスだが、頼みの綱の由布子も、今はデザート作りで手いっぱいの様子だった。やむなく自分で用意し、間髪いれずに魚のポワレに取りかかる。

調理し、調理し、配達員に引き渡して、また調理して……。

息をつく暇もなく働き続けた結果、健司はその日、ラストオーダーを片づけたと同時にどっと座り込んだ。

初日というだけあり、注文数としてはそう多かったわけでもないのだが、デリバリーという新たな要素に頭の中まで引っ掻き回されてしまった気がした。今までに作り上げてきた厨房内のリズムが、たった一日でめちゃくちゃだ。

——大丈夫。慣れればどうってことないさ。

翌日以降もそう自分を励まして乗り切ろうとしたものの、当然ながら毎朝の仕込みも増え、後片づけも増える。アパートには文字どおり帰って三、四時間寝るだけ。何かを省みる余裕もない。

一週間も経つころには、

「顔色悪いんじゃない？」

と由布子にも心配されてしまったが、彼女だってできる限りの仕事を引き受けてくれているのだ。平気です、と返すしかないだろう。

注文をもらえるのはありがたいのに、素直に喜べない。自分の限界はこれっぽっちなのだと思い知らされるようで、やり場のない鬱憤《うっぷん》が日に日に溜まっていた。

「健司くん。一度振り返りをしましょう」

昼食後、ふたりきりになったタイミングで佳恵が声をかけてきたのは、デリバリー開始から半月が過ぎたころだった。

カレンダーは十月になり、半袖だったコックシャツも長袖に替わってはいたが、秋の風の爽やかさも健司には無縁のままだった。その日その日を必死にやり過ごすだけで、胸には不快な熱気が滞ったまま。

そして佳恵は、そうした健司の余裕のなさに気づきながらも、しばらく様子を見てくれていたのだろう。

この程度で音を上げてどうする。そんな思いもあったからこそ不平も言わずに奮闘していたが、しかし結局、見かねた彼女に声をかけさせてしまった。不甲斐ない自分がますます嫌になる。

するとと佳恵は、うつむいた健司をどう思ったか、苦笑しながらコーヒーをふたつテーブルに置いた。

「ちょっとぉー、またうじうじしてんの？　今やいっぱしのシェフだっていうのに、ほんと懲りないわねぇ」

「……懲りるとか懲りないとか、そういう問題じゃないです。僕は元々こういう性格なんです。佳恵さんだって知ってるでしょう」

「あーもー拗《す》ねないでよ。この際だもの、腹を割って話しちゃいましょ。問題があったら走りながら直せばいいのよ。はじめから完璧なんてあり得ないんだから」

自明の理のように言い放ったのち、彼女はレジ台に戻って、デリバリー管理専用のタブレットを持ってきた。

「……どうです、佳恵さんの手応え」

管理画面をちらりと覗き込みつつ、ぶっきらぼうに尋ねると、佳恵は「んー、そうねぇ」と眉根を寄せた。

「正直に言えば、思ったよりも注文が入った、ってところかな。フレンチのデリバリー自体が少ないから、その点はうちに有利に働いてくれたのかも。注文ゼロっていうのも覚悟してたし、爆死を免れて万々歳——ではあるけど、でもそれ以上に、厨房は大変だったわね」

「本当ですよ」

うなずく声にも、二週間ぶんの恨めしさがこもってしまう。

振り返ってみると、健司はデリバリー導入からここまで、猛烈に忙しかったことしか記憶に残っていなかった。いつ注文が飛び込んでくるか、配達員が来るまでに用意が間に合うかと、現実が夢にまではみ出て、毎夜うなされていた気がする。健全な精神状態だとは言いがたい。

「大きな店とは違って、うちは健司くんだけだものねぇ……。ちょっと無茶振りすぎたかしら」

「今さらですか⁉ ていうか、こちらでもう少し制限できないんですか」

「制限？ 注文をってこと？」

「そうです。今は営業時間内はずっと受け付けてますけど、たとえば昼と夜、店が混む時間帯はやめるとか。それだけでもだいぶ楽になりますよ」

店に影響を出さない。元々そういう約束だったじゃないか、と強気に出てみるも、佳恵の渋面は変わらなかった。

「できなくもないけど……。これを見ちゃうとねぇ」

そう言って示されたタブレットの中、時間帯別の売上グラフはほとんどピークタイムに重なっていて——食事時なのだからそりゃそうだ——健司も言葉を失った。

この時間帯に受付をやめれば、売上はガタ落ち。デリバリーを始めた意味もなくなってしまう。

「だ、だったら、一品ごとの中身をもっと簡素にしてみるとか……」

付け合わせやバゲットをなくして、ランチボックス内の品数も減らす。そうすれば負担も少なくなるはずだと食い下がってみたのだが、佳恵はこれにも難色を示した。

ここ見て、と彼女がつついた画面に映っているのは、客からの評価だ。五点満点のうち、総合評価は今のところ四・三点。平均がどの程度なのかはわからないが、そこまで悪くはなさそうだ。

「よかったじゃないですか」

「まあね。でもだからこそ、中身は当面いじらないほうがいいと思うの。もしうちを気に入ってくれた人がいたとして、せっかくリピートしたのに中身が減ってたらどう？」

「……がっかりしますね」

そういうことよ、と佳恵はコーヒーをずずっと啜る。

「だからー、健司くんの負担を減らすには……そうね、メニューの数を絞るのはどう？今はＡＢＣの三種類だけど、それを二種類に減らす」

「ああ、それは助かります」

仕込みの手間が三分の二になるうえ、厨房内のオペレーションもわかりやすくなりそうだ。

「あ、それなら代わりに、サイドメニューをもう少し充実させるのはどうですか？　店で出してるものなら、もう何種類か作り置きがありますよ」

「いいわね。そっちを増やせば、メニュー画面が寂しくなることもなさそう」

「袋詰めくらいだったら、ホール係の子にお願いしてもいいですかね」

「了解。余裕ないときは遠慮なく呼んじゃって」

そうして胸の中のものを吐き出したおかげか、話がまとまるころには、塞いでいた気分もずいぶん軽くなっていた。

これで少しは楽になるだろうか。

小さな光が見えた気がしながら、自分のコーヒーに手を伸ばす。立ちのぼる湯気は消えてしまっていたが、久々にゆっくり味わう苦味に心が慰められるようだった。

ところが、新たなメニュー構成で再出発した数日後。健司が《メゾン・デュ・シトロン》に出勤すると、佳恵がどんよりした面持ちで現れた。

「健司くん……。朝っぱらから悪いんだけど、ちょっとこれ見てちょうだい」

返事も待たずに差し出されたのは、またもやデリバリー用のタブレットだ。テーブルに置かれたそれを覗き込んだ瞬間、ぎくっと身体が強張る。

星ひとつ――つまり最低の評価が客からついていて、そこには客が撮ったらしき写真も載っていた。

容器の蓋が外れ、外袋にまで漏れた暗褐色の物体。健司が盛りつけ、配達員に託した牛ほほ肉のワイン煮はもはや食べ物とも思えないありさまだった。

「酷い……」

仕事柄、客の食べ残しなどは日常的に目にするが、自分の料理がここまで悲惨な末路をたどったことはない。

それに腹を空かせて待った料理がこんな状態で届いたのかと思うと、頼んでくれた客にひたすら申し訳なかった。写真つきで低評価をつけたくなる気持ちもよくわかる。

「これ、返金とかするんですか」

震えた声で尋ねると、佳恵は「サポートセンターがね」と肩をすくめてみせた。

「ここまで酷ければ、さすがにクレーム入ってるでしょうね。完全に防ぐのは無理だし、返金はわりとスムーズだって聞いたけど……」

しかしそれでも、客の心証が良くなるわけではない。《メゾン・デュ・シトロン》の評価は落ち、この写真つきのレビューも店舗ページに残ってしまうだろう。

「……実は今までにも、『ぐちゃぐちゃで届いた』っていうレビューはあったのよ。でもコメントだけじゃ、うちと配達、どっちが悪かったのかはわからないでしょう？　だから謝罪のコメントを返すくらいしかできなかったんだけど、さすがに実際の写真を見ると、ね」

「どうにかしないといけませんね」

肩を落とした佳恵と同じく、健司も声を絞り出す。

ふたりそろって黙り込んだあと、ひとまずの対策として、デリバリー用の容器を見直すことになった。これまで使っていた標準的な洋食用を、より密閉度の高い汁物用へ。多少単価が上がってしまうが、背に腹は代えられない。

「あーあ。こないだ仕入れたやつ、まだいっぱいあるのになぁ」

「仕方ありませんよ。そっちは汁気がないものに使って、地道に減らしていきましょう」

健司は自分に言い聞かせるように苦笑し、仕込みに取りかかる。

ワイン煮用の大鍋を今日も取り出しながら、疲れたな、とぽつりと考えた。その日のメニューだけを考えていればよかった以前の日々が、もはや懐かしいほどだった。

その夜、どうにか一日の仕事をこなした健司は、厨房の清掃を済ませて店を出た。まとめたゴミを勝手口の脇に出し、裏に駐めてあった自転車にまたがる。そして向かったのは、いつもの家路ではなく、正反対の石神井公園方面だった。

黙々とペダルを漕ぎ続け、公園に差しかかったところで、ようやくあれっと気づく。どうも自分は、無意識に《ベル・フルレット》を目指していたらしい。仕事中は考える余裕もなかったが、疲弊した心は癒やしを求めていたのかもしれない。

「……弥生さん、いるかな」

ぼそっとつぶやいた直後、いるわけないよな、とも思う。

時刻は深夜零時過ぎ。往来はところどころに点った街灯を残して、底の見えない闇に沈んでいた。

健司は引き返す気力もなく、そのまま公園沿いをのろのろ走っていった。やがてヘッドライトに照らされ、《オステリア・ラーパ》の看板が見えてきたものの、ガラス張りの店内はとっくに消灯していた。大所帯はいいよな、閉店作業もあっという間だろうなと恨めしく睨んで、前方に視線を戻す。

と、民家の植え込みの向こう、本来なら手元も見えないような暗がりに、ほのかな明かりが漏れていた。

──まさか。

弾かれたようにペダルを踏み込む。

早鐘のように鳴る鼓動を感じつつ、植え込みからそろりと首を伸ばしてみると、はたして、弥生は今日もそこにいた。真っ暗な店の奥の作業台で、彼女はいつかの夏の夜と同じく、静かに手元のブーケに向き合っていた。

台の上に広げられているのは、何種類もの切り花やグリーン。その中からひとつを選び出し、片手で束ねたブーケにあてがってみては、また戻している。

健司には何が正解なのか、判断基準もわからないのだが、そうして粘り強く理想に近づこうとしている彼女は、ブーケを通して己と戦っているようにも見えた。

斜めに射した明かりが横顔にえも言われぬ陰影を落として、神々しいとすら思う。

どれだけ見惚れていたのだろうか。

どこかで猫の声がして、健司ははっと我を取り戻した。――まずい。この状況は非常にまずい。

覗いていたのがバレたら、ストーカー認定間違いなし。違う、断じて違うんですと狼狽しているあいだに、弥生が何かに気づいたように席を立った。

かすかな足音に続いて、無情にも入り口のガラス戸が開かれていく。健司はヒッと縮こまる。

が、しかし、自転車だけで健司の長身を隠せるわけもなく、さらに奇天烈《きてれつ》な格好になっただけだった。

「あら？　あなた」

「す、すすすすみません！　僕、ちょうど仕事帰りでしてっ、通りかかったら奥に明かりが見えて……！」

「ああ、やっぱりそうですよね。こないだサボテンをお買い上げいただいたお客さま」

「覚えてらっしゃるんですか⁉」

もちろんですよ、と弥生は笑う。

「後日アフターケアのご相談をいただくこともありますし、お客さまの場合は、その、すごく愉快でいらっしゃるから……」

先日の健司の醜態を思い出したのか、弥生は口元を覆い、またしても震え始める。オブラートに包んでくれてはいるけど、それってほとんど道化扱いじゃないか？

よほどの笑い上戸なのか、弥生はしばらく肩を震わせたあとで、

「……ふう」

と胸元を押さえて息をついた。

ブーケに注ぐ眼差しは真剣そのものなのに、笑う彼女はこんなにも愛らしい。月明かりの下、彼女に目線を合わせてふっと微笑まれるだけで、健司はふわふわ、ふわふわ、雲の上までのぼってしまいそうだ。

地元の姉三人をはじめ、《メゾン・デュ・シトロン》でも女性陣に囲まれ慣れてはいる。だけれど彼女、僕のまわりにはいなかったタイプだよなぁ……。

そう思った瞬間、心臓がきゅうっと甘い痛みを発し、鈍い健司もさすがに観念した。

――自分は、久しぶりの恋に落ちたのだと。

それからというもの、健司は早めに仕事を上がれた日には、極力《ベル・フルレット》に立ち寄るようになった。雨の日は電車通勤のために断念せざるを得ないし、〝早めに〟といっても午後十一時を過ぎてしまうのだが、それでも三回に一度は弥生の顔を見ることができた。

彼女に会えるのは嬉しい。

しかしディナー営業もある《メゾン・デュ・シトロン》と違って、《ベル・フルレット》の閉店は午後八時。そこから健司が立ち寄るまでの三時間以上、彼女はひとりで店に残っているという。

――もっとブーケの勉強をしたいんですけど、なかなか時間が取れなくて……。それで店長にお願いして、たまに居残らせてもらってるんです。

彼女にはそう説明されたが、女性が深夜にひとりで危なくないのか。健司は気が気ではない。

それで今日も自転車を飛ばし、息せき切って《ベル・フルレット》に到着すると、彼女はブレーキ音に気づいて表へ出てきてくれた。

「お疲れさまです」

どちらからともなく微笑み、店先の階段に並んで腰かける。

今日彼女が挑戦していたブーケは、薄紫色を基調としたものらしい。奥の作業台を見やり、儚《はかな》げな色合いが彼女にぴったりだなどと内心にやけていると、あ、と弥生が鼻をひくつかせた。

「揚げ物の匂い」

「にっ、臭いますか⁉」

コックコートから私服に着替えてはいるが、今日のランチは真鱈《まだら》のベニエだった。フランス版天ぷらのようなものだが、油の匂いが移ってしまったのだろう。

「すみません、今日は揚げ物をしていて……！」

料理人だと先日明かしたとはいえ、変な匂いを嗅がせてしまうのは忍びない。平身低頭で謝る健司に、弥生は笑ってかぶりを振った。

「大丈夫ですよ。美味しそうだなぁって思っただけですから。それに、ほら。こんな時間まで何かしてると、お腹空きません？」

「……空きますね」

「料理人の方でも、お腹空くんですね」

「それはまあ、人間ですから。つまみ食いしたいのにできないのも、それはそれで辛いですよ」

大袈裟に溜め息を落とすと、ふたたびくすくす笑ってくれる。

楽しげに揺れる睫毛を見下ろし、健司はその繊細なカーブにしばし見とれていたのだが、そこでふと、天啓にも似たひらめきが降ってきた。

「あの！　もしご迷惑じゃなければ、今度何か持ってきましょうか」

「え？」

「この時間だとたいしたものじゃないんですが、うちの店、先日からデリバリーを始めたんです。食べてもらえれば廃棄も減らせるし、感想を聞いてみたくて……」

しどろもどろに提案すると、弥生は「ぜひ！」と破顔する。

「西田さんのお料理、実は気になってたんですよね。私、大好きなんですイタリアン！」

「それはよかった……って、え？　イタリアン？」

顔を見合わせたふたりのあいだを、乾いた夜風が吹き抜ける。先刻まで響いていた虫の音も、ここぞとばかりに止み、哀愁を誘っていた。


「どしたの、健司くん。なんか今日はやる気充分って感じ？」

翌朝、気を取り直して出勤した健司は、《メゾン・デュ・シトロン》に着くなり佳恵につかまった。

なんでもないです、と厨房に逃げ込んだものの、佳恵はやけに鋭い。箒の柄に顎を預けて、「誤魔化《ごまか》しても無駄よ」とカウンター越しににやにや覗き込んでくる。

「きみ、昨夜何かあったでしょう」

「……何もありませんよ」

「嘘。ここんとこずーっとしなびた葱みたいだったのに、今日はいやにキリッとしてるんだもの。何かいいことあったなって一目瞭然よ」

「そんなにですか⁉」

「そうそう。だから白状しなさいって」

ずいっと顔を突き出されて、思わず後ずさる。

弥生さんの効果はすごいな、と口元がむずむずしてしまったが、健司は慌てて表情を引き締め、厨房の奥まで引っ込んだ。

好きな人ができただなんて、絶対に気取《けど》られるわけにはいかない。女性陣に知られようものなら、全力で面白がられるに決まっている。

そんなことより、早く仕込みだ。

残念ながら、弥生には《オステリア・ラーパ》のコックだと勘違いされてしまっていたようだけど、幸いにして誤解も解けた。さっそく今夜デリバリー用の料理を持っていくと約束したから、いつも以上に気合いが入る。

コックコートに着替えた健司は、冷蔵庫を開けると、昨日のうちに仕込んでおいたボウルを取り出した。ひたひたの赤ワインに浸かっているのは、香味野菜とブロック状の牛ほほ肉だ。

ずっしりとした赤身の肉に塩こしょうをまぶし、フライパンでしっかり焼きつける。ソースにコクを出すため、表面が黒くなるまでじっくり焼いたら、お次は野菜。ワインが沁みた玉ねぎやニンジン、セロリや長ねぎを、肉の旨味が残ったフライパンで軽く色づくまで炒め切る。

そうして焼けた肉と野菜を大鍋に移せば、いよいよ煮込みの始まりだ。

アクを取ったワインの残り汁に、追加のワインとトマトの水煮、フォン・ド・ヴォー（子牛の骨や肉から取っただし汁）を足し、三時間ほど煮込めばほぼ完成——ではあるのだが、健司はそのままキッシュの生地作りに移った。

パイ生地が出来上がれば、それをラップに包んで、冷蔵庫で休ませているあいだに今度はランチの下ごしらえ。

「おはようございまーす」

十時前には由布子も出勤してきて、サラダやデザート、作り置きの前菜、とふたりがかりで仕上げていく。

結局、ひととおりの準備が終わるのと、「いらっしゃいませ！」とホールから佳恵の声がしたのはほとんど同時だった。

――よかった、今日も間に合った。

常ならばひと仕事終えた気分になるところだったが、今日はそれほど疲れも感じない。何しろ今夜は、自分の料理を弥生に味わってもらえるのだ。

健司は額の汗を拭うと、カウンターのサボテンにそっと目をやった。

立派なトゲを突き出し、どこか泰然としたそのサボテンは、厨房の慌ただしさなど素知らぬふうにすっくと立っていた。

その日、時計から目を離せずにいた健司は、午後十時半のラストオーダーを過ぎるや全速力で閉店作業をした。

「お先です！」

帳簿をつけていた佳恵に声だけかけて、脇目も振らずに退店する。

弥生用に詰めた料理入りの紙袋は、一瞬迷ったのち、自転車のハンドルにかけた。容器を変えたおかげで液漏れのクレームは減ったが、そうっと運ぶに越したことはあるまい。早く弥生に会いたい気持ちと緊張がないまぜになって、今にも叫び出しそうだ。

《ベル・フルレット》に着いたのは、午後十一時をいくらか回ったころだった。乱れた髪を手櫛で撫でつけ、咳払いとともにガラス戸をノックすると、弥生はすぐに気づいてシャッターを上げてくれた。

「お疲れさまです！」

「すみません、遅くなってしまって。これ、お約束の料理です」

紙袋を軽く開けて見せたとたんに、彼女の顔がぱあっと明るくなる。

「嬉しい！　こんな贅沢なお夜食、私はじめてですよ」

「残りもので申し訳ないんですが……」

「そんなことないです！　廃棄するほうが地球に申し訳ないです。レビューも全力でしますよ！」

彼女は真面目な顔つきでそう言うと、なぜか奥から畳んだビニールシートを持ってきた。そして「作業台は狭いんですよね」とつぶやき、入り口の階段にあっという間にシートを広げてしまう。

健司もうながされるまま、彼女の隣に座り込んだ。

「……いいですね」

「でしょう？　外は涼しくて心地いいし、この季節だけのお楽しみですね」

肩が触れる距離をどう思っているのか、弥生は楽しげに微笑む。その無防備さは正直目の毒なのだが、喜んでくれたならまあいいか。

紙袋から容器を取り出し、どうぞ、と蓋を開けて差し出すと、彼女は現れた料理を食い入るようにじっと見た。

「これ、本当に西田さんが？」

「はい。本当の本当ですよ」

「ごめんなさい、私、料理人の方とお知り合いになるのははじめてなんです。こんなに本格的だとは思ってなくて……。え、学校とか行かれたんですよね？　それかお店で修業を？」

興奮を隠せない様子の彼女に、健司は「両方ですね」と苦笑する。

「高校を出てから調理師の専門学校に行って、その後は店をいくつか……。フレンチの道に進んでからは、ええと、そろそろ四年になるかな。最初の店はほとんど下働きだったし、シェフとしては今の店で一年ちょっとですから。まだまだ修業中って感じです」

それより冷めないうちに、と勧めると、彼女は慌てて手を合わせた。

「いただきます！」

プラスチックのカトラリーを取り上げ、一瞬迷う気配を見せる。しかしそれも束の間、ふたつ並んだ容器のうち、彼女ははじめに牛ほほ肉のワイン煮にフォークを伸ばした。

音もなく運ばれ、唇の向こうに消える牛ほほ肉。

なんとなく直視できず、目を逸らしてしまったものの、彼女が味わっている気配は肩越しに伝わってきていた。

膨らんだ頬も可愛い──じゃなくて、味はどうだっただろう。気に入ってもらえただろうか？　店で新メニューを出すときより胸が騒がしい。

宣告を待つような気分でじっと待っていると、ん、と鼻にかかった声がした。

「美味しい……。すごく美味しいですよ、西田さん！」

彼女は暗がりでもわかるほど顔を輝かせたのち、すぐさまもう一度フォークを伸ばす。ごろごろと入った肉や野菜が、瞬く間に彼女の口に入っていく。

お気に召したみたいだ、と内心安堵していると、彼女は続いてキッシュのランチボックスを引き寄せた。

日替わりの大きなキッシュを中心に、《メゾン・デュ・シトロン》自慢の生野菜サラダ、付け合わせのアラカルトがひと箱に詰まっている。

女性にはけっこうなボリュームのはずだが、彼女はこちらもうっとりした表情で口に運んでいくと、ひとつ残らず平らげてしまった。ワイン煮用のバゲットは抜いておいたとはいえ、まさか完食してくれるとは。

「弥生さん、意外としっかり食べるんですね」

思わずこぼれた言葉に、弥生は「えっ」と肩を跳ねさせる。

「ごめんなさい！　もしかしてふたりぶんでした？」

「や、違いますよ。弥生さんのために持ってきたものですから」

「それならいいんですけど……。とっても美味しかったし、今日はちょっと、いつも以上にお腹が空いちゃってて」

何かあったのだろうか。

不思議に思いながら店内に目をやると、奥の冷蔵ショーケースの中には大量のブーケがあった。ふたつみっつどころか、十個近くはありそうだ。

「ひょっとしてあのブーケ、全部弥生さんが？」

「はい、実は」

と弥生ははにかむ。「明日のぶんなんですけど、たまたまご予約が重なってしまって。交流センターで何か、朝から発表会があるみたいなんですよね。店長も今晩は外せない用事があるとかで、それで全部私が。とにかく仕上げなきゃって没頭してたら、この時間になっちゃいました」

ブーケひとつは二、三十分あれば作れるにしても、閉店後にあの数を仕上げるのは大変だったに違いない。

お疲れさまです、とねぎらうと、しかし彼女はくたびれた様子も見せず、

「……生ものなんですよね」

としみじみつぶやいた。

「え？」

「お花です。花も人と同じで、生ものですから」

どう言ったらいいのかとうつむき、彼女は束の間黙り込む。

「ブーケって──たぶん多くの方にとっては、晴れ舞台に華を添えるものじゃないですか。結婚式とか、何かのお祝いとか」

「記念日に贈ったり……餞《はなむけ》にしたり？」

「はい。ブーケがその場にあるだけで、今日という日が特別に思えますよね」

考えながら言った健司を見返し、弥生はこくんと顎を引く。

「そういうぴっかぴかの舞台のためにブーケを作らせてもらえるって、ものすごく光栄なことだと思うんです。じゃあその気持ちにどう応えるのか、私に何ができるかって考えると、お花のうつくしさを余すことなく引き出してあげること。それに尽きるのかなって。お花のコンディションを見極めて、一番元気なときに、一番綺麗に見えるように飾ってあげる。それができたら、お花も喜んでくれる気がするんです」

まだまだ勉強中ですけど、と弥生は気恥ずかしそうに笑ったが、その気持ちは健司にもよくわかった。

食材と向き合い、調理によって引き出した味を、最高の状態でテーブルへ──。日ごろの自分のそうした心がけも、弥生のそれと通じるものだろう。

だが……だったらデリバリーは？

配達員に料理を手渡したら、あとはそれっきり。どう受け取られているのか、どんな状態で口に運ばれるのかもわからないまま、次々舞い込んでくるオーダーを右から左へと無心でこなす。健司が今しているのは、ただそれだけだ。

中にはもちろん、繁盛していることを素直に受け入れ、喜ぶ料理人もいるだろう。しかし自分は、いまだに折り合いがつかない。

こんなに違和感があっても、売上のためには呑み込むしかないのか。これを〝やっつけ仕事〟と言うんじゃないのか――。

そんな内なる声が、健司をさらに迷わせ、怯えさせている。

「あの、弥生さん」

思い切って口を開くと、「はい？」と振り返った拍子に、彼女の黒髪がさらりと揺れた。

「デリバリーのメニュー、率直に言ってどうでしたか」

ささいなことでもいいから、第三者の感想を聞かせてほしい。藁《わら》にも縋《すが》る思いで尋ねると、弥生は少し考えるような間を挟んで、「……そうですね」とつぶやいた。

「お味はもう、文句なしの美味しさでした。お値段なんかはわかりませんけど、家でこれだけ本格的なフレンチを味わえるなんて、すごく素敵だと思います。ちょっとランチを奮発したいときとか、友達と家で集まるときとか、何かにつけて重宝しそうですよね」

弥生は頬を紅潮させ、そんな嬉しいことを言ってくれる。

「……ただ」

「ただ？」

「美味しいからこそ、なんだかもったいない気がして……」

無意識に首をかしげてしまったのか、弥生は「変な意味に取らないでくださいね」と慌てて言った。

「すごく手の込んだお料理だっていうのは、素人目ですけど、私にもわかります。たとえばこのお肉の煮込みなんて、一日じゃ作れませんよね？」

「それは、まあ」

「でしょう？　だからなおさら、こちらも誠心誠意、きちんといただきたいって思うんです。テーブルに座って……できれば使い捨ての容器やカトラリーじゃなくて、ちゃんとしたお皿で。自分で移し替えようにも、やっぱりお店みたいには綺麗にできないし」

弥生に核心を突かれた気がして、健司は黙り込む。

そう——。

デリバリーを始めて以来、ずっと拭えずにいた据わりの悪さ。注文を受けてプラスチックの容器によそうたび、料理に対して申し訳ないような、かすかな罪悪感を覚えていた。

ひょっとすると、あの漠然とした違和感もそこから来ているのかもしれない。

デリバリーもテイクアウトも、こんなに世の中にあふれている。自分もたまには利用するし、デリバリーだからこそ求めてくれる客もいる。

そう頭ではわかっているはずなのに、何かがつねに引っかかっていたのだ。喉に刺さって取れない小骨のように。

「……もしかして、難易度が高いのかな」

空になった容器を見つめたまま、健司は半ば無意識につぶやいた。

「フレンチでデリバリーするのが、ということですか?」

足りない言葉を汲んでくれた弥生に、はい、とうなずく。彼女は暗い道の先に目を移して、ふたたび律儀に考え込んだ。

「難しいところですけど……ないとは言えないかもしれませんね。こないだは私、西田さんはイタリアンの方だと勘違いしちゃいましたけど、こうしてお料理をいただいてみると、たしかに雰囲気が違う気がします。勝手なイメージで言うなら、イタリアンは仲間とわいわい、っていうか。本場には高級リストランテもあるんでしょうが、日本でピザと言ったら、みんなで囲んで食べる感じがしません?」

「わかります」

国自体のイメージもあってか、〝賑やか〟〝陽気〟――イタリア料理にはそんな言葉がよく似合う。そのうえ宅配ピザも普及しているから、デリバリーへの違和感もないのだろう。

「その点、フレンチはまた違っていて──」

「お堅い感じでしょうか」

ビストロなんかはフランス流の居酒屋なのだし、それこそ〝仲間とわいわい〟だと健司は思っているが、結婚式のコース料理しか知らない人にとっては、フレンチ＝畏《かしこ》まった料理という印象が強いらしい。

ところが弥生は、「そういう方もいるでしょうが……」と前置きしたうえで、自分のイメージは少し違うと言い切った。

「私にとっては、おもてなし、ですね」

「おもてなし？」

「はい。コース料理がどうこうとか、そういうのは関係なくて。もてなそうっていう雰囲気を感じるんです。西田さんのお料理もそうでしたよ」

やわらかく微笑まれて、健司は「えっ」と目を見張る。

「シンプルに盛りつけてあっても、見た目以上に手間暇がかかっていたり……。深い味わいを出すには、時間も労力もかけなきゃいけない。それって、もてなそうという気持ちなしにはできないんじゃないでしょうか」

弥生にじっと視線を向けられ、健司はどぎまぎしつつも、なんだか得心してしまう。

フレンチでデリバリーをおこなう、その難易度の高さ。その理由のひとつには、弥生が言う〝おもてなし〟の雰囲気を、デリバリーでは出しづらいというのもあるのではないか。その筆頭がプラ容器の安っぽさであり、盛りつけの野暮ったさなのだろう。

――でもなぁ。

デリバリーに参入するなら、プラ容器の使用は避けて通れない。探せばお洒落な容器もあるのだろうが、単価は確実に上がる。盛りつけで魅せようにも、工夫する余地は多くなさそうだ。

それに何より、難しいとはいえ、デリバリーに成功しているフレンチレストランだって絶対にあるはずで……。

てことはやっぱり、どうにか気持ちに折り合いをつけて、自分にできることを粛々とするしかないのかな。

健司はこっそり溜め息を吐き、空の容器を力なく引き寄せた。

弥生には無事喜んでもらえたが、さらに難しい課題を抱えてしまったようで、心は依然として晴れないままだった。

＊　＊　＊

「ねえ、最近岡部さん来てなくない？」

由布子が出勤するなり詰め寄ってきたのは、風に冷たさを感じるようになった十月半ばのことだった。

佳恵はそのとき、門の脇に立て看板を出していたのだが、そういえば、と軽く手を払った。

由布子が行き倒れかけた岡部老人を連れてきたのが、たしか九月のはじめ。彼はそれ以後――おもに由布子目当てで――週に一度は店に来ていたのだが、ここしばらく見ていない気がした。

佳恵が同意したとたんに、由布子は「でしょう⁉」と声を荒らげる。

「昨夜、寝る前に天気予報見ていてあれっと思ったのよ。このくらい涼しくなったら、岡部のおじいちゃんもお出かけしやすいじゃない？　なのに最近お会いした覚えがないし、なんだか不安になっちゃって……。ねえ佳恵、最後に来てくれたのはいつだったかしら」

縋るように訊かれて、佳恵はしばらく考え込む。

「先月末……は、たしか来たわよね」

「うん。それは私も覚えてる」

「うちもデリバリー始めたんですよって言ったら、『今すぐピクニックだ』って騒ぎになって」

「そうそう」

あのときは断るの大変だったわ、と由布子は苦笑する。

佳恵の記憶にある限りでも、その日、岡部はいたって元気そうだった。体調を崩している様子もなく、他の女性客の退店時には、率先してドアを開けてやっていたくらいだった。

「けどまあ、歳が歳だからね」

「そうなのよね……。急に涼しくなって、具合を悪くされてるのかも」

顔を曇らせた由布子にうなずき、さて掃除を、と踵を返す。

ところが、一歩踏み出したその直後、後ろからガシッと肩をつかまれた。優しげに目元をたわめているくせして、この力強さはなんなのか。

「ねえ佳恵。今度の定休日、何か予定ある？」

「な、何よいきなり」

「私が動けたらいいんだけど、残念なことに、その日は幼稚園の行事なのよね。夕方まで身動き取れないと思うの」

「だからなんなのって……！」

身構える佳恵を無視して、由布子はにっこり唇で弧を描く。

「あなた、仕事がオフっていっても、だいたい昼間から呑んでるだけでしょう。そんなに暇なら麻布まで行って、岡部さんの様子を見てきてもらえない？」

間延びしたどこかの学校のチャイムを聞き流して、佳恵は短く嘆息した。

「別に暇じゃないっちゅーの……」

ブツブツぼやきながらも、スマホの地図と街並みを見比べ、桜田通りを進んでいく。

岡部から名称を聞き齧っていたその高齢者施設は、本当に東京タワーを見上げる場所にあった。

《ケアグランデ東麻布》——。それが、岡部が入居するサービス付き高齢者向け住宅である。

佳恵はこれまで知らなかったが、この種の施設は、介護がほとんど要らない高齢者のための住居らしい。それに対して要介護度の高い高齢者を受け入れるのが、いわゆる有料老人ホーム。サービス内容は施設ごとに異なり、その差も曖昧らしいのだが、要するに岡部は、このタワーの麓で悠々自適の生活を送っているということだ。

そうして駅から五分そこそこで探し当てた施設は、高級マンションどころか、ホテルかと見紛うような立派な建物だった。

瀟洒《しょうしゃ》なエントランスに、日当たりの良さそうな一階部分。全面ガラス張りになっている空間は、ダイニングルームか何かだろう。

あるところにはあるわねぇ、と面食らいながらも、ともかく自動ドアをすり抜ける。

「あの、すみません」

同じくホテルさながらのフロントに近づき、岡部に面会したい旨を伝えると、すぐに内線で取り次いでくれた。留守の可能性もあったが、岡部は自室にいたらしい。

持参した紙袋を膝に抱えて、ラウンジのソファーに腰かける。

由布子にけしかけられるがまま来てしまったけれど、迷惑ではなかったろうか。ただ、うちの店に飽きてしまっただけなのでは……。

柄にもなくそんな不安を持て余していると、

「しばらくだな」

と、奥のエレベーターから岡部が下りてきた。

自室でくつろいでいたのかと思いきや、わざわざ羽織ってきたのか、相変わらずのジャケット姿だ。今日も昔の洋画から抜け出てきたように品がある。

「岡部さん！　お元気でしたか」

「まあな。しかし、今日はどうしたんだ。東京タワーまで散歩かい？」

「違いますって。最近岡部さんがいらっしゃらないから、様子を見にうかがったんです。由布子も心配してましたよ」

「そうか。気を遣わせてすまなかったな」

穏やかな口調は普段とさほど変わりなかったが、佳恵はどこか違和感を覚えた。

岡部さん、なんだか元気がない？　由布子の名前を出してもまったく食いつかないだなんて。

「あの、もしお昼がまだでしたら、ご一緒にいかがですか？」

紙袋を持ち上げ、店長みずからデリバリーですよと伝えると、岡部は窪んだ瞼を瞬かせ、ようやくフッと笑った。

「そりゃあいい。《メゾン・デュ・シトロン》の味、久々に堪能させてもらうとしよう」

岡部の案内でダイニングルームに移ると、ふたりは明るい窓際の席に落ち着いた。

ちょうど昼時だからか、埋まっている席は七割ほど。この施設は自由度が高く、ここで提供される食事を取っても、今日のように持ち込んだものを食べても良いらしい。

共用の電子レンジを借りて料理をあたため、テーブルに並べていく。

元気がない理由を尋ねるべきか、差し出がましいだろうかと逡巡していると、

「あらー、お孫さん？」

「美味しそうなお料理ですこと」

通りすがりのスタッフや入居者が、岡部のまわりに続々とやってきた。女性に人気なところを見ると、彼のジェントルマンシップはここでも発揮されているらしい。

「孫じゃあないが……そうさな、若い友人かな」

意外な答えとともに一瞥を寄こされ、佳恵はくすぐったさに苦笑する。

「なんだ。不満か？」

「とんでもない、光栄ですよ。こんなに歳の離れた友達なんて、そうそう作れませんからね」

女性陣が立ち去ったのを見計らい、「さ、食べましょう。デリバリーははじめてです

よね？」と容器の蓋を外す。

岡部の興味深げな視線の先、ふたつ並んでいるのは、牛ほほ肉のワイン煮込みとキッシュのランチボックス。大ぶりのキッシュの具材は、たしか挽き肉とじゃがいもだ。

「いつもはデリバリーでも、当日作ったものを出してるんですよ。でも今日は定休日だし、健司くんもいないんで、昨日のうちに確保しといてもらったんです」

岡部にカトラリーを渡し、「二日目の煮込みは絶対美味しいですよ」と耳打ちすると、彼は期待もあらわに唇をすぼめ、器用に切り分けた肉を口に運んでいった。

佳恵も辛抱たまらず、ぱくりと食いつく。——と、どうだろう。

やわらかな牛ほほ肉は、軽く歯を立てたその瞬間、舌の上でほろりと崩れた。ほぐれた繊維の一本一本を包み込むかのごとく、濃厚にからまるソース。

「…………！　…………！」

佳恵が声もなく顔をとろけさせているうちに、岡部は早々にふた切れ目を堪能していた。咀嚼を繰り返すごとに、満足げに目が細くなっていく。

「……美味いな。洋食屋はかなりの数行ったが、こいつはなかなかのもんだ」

「でしょう⁉　この腕に惚れ込んじゃって、私、健司くんをうちの店に引っ張ったんですよね」

「なんだ。あの若造は健司というのか」

「ええー、今さらですか？　さっきも名前を出しましたよ」

「シェフだろうが、男のことなぞどうでもいいからな」

佳恵のじとっとした視線も意に介さず、岡部はすがすがしいくらいに開き直っている。健司は不憫だけれど、岡部節が少しは戻ってきたんじゃないか。佳恵は安堵したところで、「あ、そうそう」と思いついた。

「その健司くんにも、ついに春が来たっぽいんですよ」

「ほう？」

岡部がフォークを止めたのに気を良くして、「彼には内緒ですよ」と人差し指を立てる。本人は秘密にしているつもりらしいが、残念ながらバレバレだ。

──人をそんなふうに変えるものといったら、ズバリ恋です。彼は恋に落ちたんですよ！

葵がサボテンひとつで健司の恋を見抜いた、二カ月前のことだった。店内の調和を乱され、激怒した葵は、その勢いで例のイタリアン周辺を探って即刻《ベル・フルレット》という花屋を突き止めた。

──店にいたのは店長らしき中年女性と、二十代らしき女性がひとり。若いほうは優しそうな感じの、清楚系黒髪美人でしたね。お相手は百パーあの人でしょう。

なんて執念深い、と佳恵も震え上がったものだが、すべて情報共有されていることなど、健司本人は知らないほうが賢明だろう。

「成就するかはわかりませんけど、頑張ってほしいですよね。大失恋なんてしたら、料理までしょっぱくなっちゃいそう」

かいつまんで話したあと、佳恵が苦笑いで締めくくると、岡部は窓の外を見やってフッと口角を上げた。

「……今も昔も、若者のすることは変わらんな」

「あら。岡部さんも甘酸っぱい思い出がおありで？」

「甘酸っぱいかは知らんが、真剣だったのはたしかだよ」

岡部はカトラリーを置き、遠い目をしてテーブルの上で指を組んだ。

そうして彼が語り出したのは、今から六十年以上前——岡部青年の淡い初恋譚だった。

＊

昭和三十四年、三月。

地元・埼玉の大学を無事卒業した岡部は、前年末に開業したばかりの東京タワーを訪れ、その天を衝くような高さに圧倒されていた。

鮮やかな朱と白に塗られた、無骨な鉄骨の塔。高さ世界一だ、三百三十三メートルだという触れ込みは地元でも耳にしていたが、しかし実物の迫力たるや、下の広場から見上げているだけでも首の付け根が痛んでくるほどだった。

ほう、と感嘆の息を吐きつつ、タワーの入り口へと移動する。

すると平日の午前中にもかかわらず、鉄骨の股部分に収まった建物の一階、玄関ロビーは観光客であふれていた。

「大人一枚。……ああ、これも一緒に」

展望券売り場まで苦労してたどり着き、二十円のパンフレットも記念に入手する。冊子の表を飾っているのは、青空を背にした朱色のタワー。その上に掲げられた『世界一の東京タワー』というフレーズもいたく力強い。

「へえ。エッフェル塔との差は十三メートル……」

パンフレットをめくり、意外と僅差なんだなと思ったが、それでもそのわずかな差が、日本人として誇らしくてならなかった。

幼いころに目の当たりにした終戦後の焦土から、たった十数年でここまで来たのだ。そして近い将来、商社マンとして世界を飛び回るであろう自分を、この日の丸カラーの鉄塔がどっしり支えてくれるような、そんな気さえする。

岡部はエレベーター待ちの列に並ぶと、上機嫌でパンフレットを閉じた。なくしてしまわないよう、そのまま鞄に入れようとしたのだが、何気なく手首を返したそのとき、裏表紙の広告に目が留まった。

二段に分かれた枠のうち、下段はキリンレモンだ。爽やかな青地に、黄色のロゴ。麦わら帽の少年のイラストは、この先の季節を想定しているのだろう。

汗をかいたあとにシュワッとした炭酸。……ああ、間違いなく美味いよな。

と、真夏の記憶に思いを馳せているうちに、自分の番が来たらしい。冊子を今度こそ肩掛け鞄に突っ込み、ぎゅう詰めのエレベーターになだれ込む。

地上百二十メートルの大展望台まで、ゆうに一分はかかったろうか。

満を持してエレベーターを降りると、眼前に広がっていたのは雲の上のような絶景だった。天井から床まで張られたガラス越しに、関東一円を一望できる。国会議事堂や明治神宮、東京湾どころか房総半島まで。西南西のはるか彼方、山脈からうっすら頭を出しているのは富士山だろう。

地上を見下ろしたときには腰が引けたが、岡部は展望台の端から端まで、たっぷり時間をかけて見学した。客の誰もが目に高揚を浮かべていて、そんな雰囲気も存外好ましかった。

二階の名店街まで降りると、すでに昼前だった。客の熱気に当てられたか、喉がからからに渇いている。

岡部はパンフレットの広告を思い出し、ずらりと並んだ土産物屋を見て回った。宣伝しているからには、どこかで売っているんじゃないか。

その推測どおり、売店のカウンター上には飲料の見本がいくつか置かれていて、その中にキリンレモンの瓶もあった。

「これひとつ」

「はい、ただ今！」

声をかけるやいなや、若そうな女店員が店の奥から一本持ってくる。

岡部は財布を取り出し、小銭をカウンターに置いたのだが――手元でチャリンと鳴った瞬間、店員の顔がはじめてまともに視界に映った。

長い睫毛に囲まれた、黒水晶のような瞳。やわらかそうな白い頰。

ほうっと見惚れた岡部に気づいた様子もなく、少女は栓抜きで王冠を外すと、「どうぞ」と微笑んだ。

「あ、ああ……。ありがとう」

瓶を受け取ろうとして、たがいの指先が軽くぶつかる。彼女の体温を一瞬感じて、かっと血が上る。

そんな自分に動揺し、岡部は瓶を握り締めて売店から逃げ去った。

そのくせ妙に気になり、その後もフロアの端から観察していると、少女は客の求めに応じ、忙《せわ》しなく店の中を行き来していた。

短いポニーテールを揺らして、あっちに行ったりこっちに行ったり。無垢なウサギを思わせるその動きも、くるくる変わる表情もすべてが微笑ましい。

彼女の一挙手一投足に見とれ、ときどき思い出してはキリンレモンを呷《あお》る。

ところが、そんな行為を小一時間ほど続けたころだった。岡部が目を離したわずかな隙に彼女は忽然と消えてしまい、岡部は猛烈な後悔に襲われた。

――悠長に飲んでいないで、さっさと瓶を返しに行けばよかった。そうすれば、少なくともあと一度は話せたのに。

ほとんど空になった瓶が、手のひらに重たく感じられる。舌の上で弾けていたキリンレモンの風味も、彼女とともに消えてしまったようだった。

翌日も、岡部は午前九時の営業開始とともに東京タワーへと赴いた。

そもそも東京見物に来たのは、来月に迫った就職を前に、最後に羽を伸ばすためである。上京中は練馬の伯父の家に厄介になっているが、引越し準備もあるため、東京にいられるのはあと一週間。はじめは都内の社員寮に入る予定だけれど、新人研修を終えてしまえば、どこに赴任の辞令が下りるかわからない。

彼女と親しくなりたいなら、やはりこの一週間が勝負だろう。ここから先は一日も無駄にするものか。

そう心に決めて二階の名店街に直行すると、幸運なことに、少女は昨日と同じく売店のカウンターにいた。

固唾を呑んで近づき、瓶の見本を指で示す。

「キリンレモン、一本ください」

「かしこまりました」

彼女は昨日と同じようににこっと微笑んでから、開栓したキリンレモンを「どうぞ」と渡してくれた。

昨日の客だとは気づいていないようだが、ただでさえ人波が途切れず、学生も多く訪れるここでは、岡部のような学ラン姿の男のことなど毛ほども記憶に残りはしないだろう。

　けれども、これしきの逆境であきらめる岡部ではない。まずは意識してもらわなければ、と適当に歩き回って時間をつぶして、ふたたびカウンターの前に立つ。

「キリンレモンひとつ」

　訴えるように黒水晶の瞳を見つめると、彼女もさすがに思い当たる節があったらしい。頬を赤らめ、戸惑ったようにうつむいてから、

「お客さん、さっきも……」

　と消え入りそうな声でつぶやいた。

「わかりましたか！」

　岡部が大袈裟に相好を崩せば、白い頬がますます朱に染まる。

　万人に向けた店員の顔ではなく、素の彼女を自分だけに見せてくれたのだ。岡部は嬉しさのあまり、東京タワーのてっぺんまで駆け上がってしまいそうだった。

　岡部の東京タワー通いは、それから一日も欠かさず続くことになった。

　ずっと知りたかった少女の名前は、谷美代子《たにみよこ》。歳は岡部の四つ下で、麻布の実家から通っているというのも本人が恥じらいながら教えてくれた。

　けして無理に顔を合わせるつもりはなかったが、岡部が店先に現れるたび、美代子の

顔もぱっと明るくなる。その様子を見る限り、岡部の想いも一方通行ではないように思われた。

「そういえば、僕がはじめて来たとき、急にいなくなりましたね」

あるとき、ふと思い出して尋ねると、美代子は「私がですか？」と目を瞬いた。

「ええ。僕がキリンレモンを買って、瓶を返そうとしたらもういなかったんです」

岡部の話を聞き、彼女はああ、と思案した。

「それはたぶん、お昼の休憩ですね。このお店、だいたいいつも忙しいんですけど、お昼時だけお客さんが少なくなるんです」

「なるほど。ちなみに、お昼はどこで？」

「日によってまちまちですけど……。たいてい外で、おにぎりを食べるのが多いかな」

そう聞いた岡部は、さっそく翌日、いびつな握り飯を作って持参した。美代子には爆弾みたいだとくすくす笑われてしまったが、休憩中だけでもふたりきりで過ごせるなら本望だった。

美代子の休憩時間に合わせ、連れ立って外に出る。

そうしてタワーの足元――地面に突き刺さった鉄骨の陰で、握り飯を頬張りながらいろんな話をした。

変わり者の友人についてや、在学中にやらかした失敗談。どんなことでも彼女と語らうのは心地良かったが、中でも強く印象に残ったのは、彼女が思わずといった調子で漏らしたときだった。

「私、朝日に輝く東京タワーが一番好きなんです。夜を剝ぎ取るみたいにお日さまが昇って、ぴかっと陽が射して……。それで金色に縁取られたタワーを見上げると、よし、今日も一日頑張ろうって思うんです」

単純ですかね、と苦笑いした美代子に、岡部は無言でかぶりを振った。言いたいことはいくつも浮かんだものの、言葉では足りない、そんな気がした。

「美代子さん」

返事の代わりに、彼女の手をそっと握り込む。

きっと五十年後も百年後も、このタワーは変わらずここにあるのだろう。

そのとき日本は、自分は、どんな姿になっているのか。想像もつかないけれども、彼女が隣にいてくれればいいと思う。

彼女は顔を赤らめ、うつむいてしまったが、岡部の手を振り解きはしなかった。

ふたりは美代子の休憩時間が終わるまで、そのまま気持ちを分け合うように寄り添っていた。

そうして順調に育まれるかに見えた淡い恋心だったが、別離のときは容赦なくやってきた。

岡部が郷里へと戻る、在京最終日。その日は朝からすっきりしない曇天で、岡部も浮かない気分で東京タワー二階の名店街を訪れた。

夕方には汽車に乗るから、彼女のそばにいられるのもあと半日。しかし社員寮への引越しを終え、東京に戻ってくれば、またこうして彼女との時間を持てるはず。

何もこれで終わりじゃない。ほんのしばしの辛抱だ。

そう自分に言い聞かせながら売店に直行すると、カウンターの中にいたのはなぜか美代子ではなく、おもに午後を受け持っている彼女の同僚だった。

「すみません」

訝しみながら声をかければ、吊り目の女性はハタキをかける手を止め、「いらっしゃいませ」と振り返る。

「ああ貴方、たしか美代ちゃんの……」

岡部の顔は売店内でも知れ渡っていたらしい。こちらから尋ねるまでもなく、彼女は済まなそうに告げた。

「おあいにくですけど、美代ちゃんでしたら今日はお休みですよ」

「休み⁉ しかし彼女、そんなのは昨日ひとことも――」

「そりゃあね。急なことだったようですから」

彼女が言うには、昨日の深夜に美代子の母親が倒れ、美代子も病院に付き添っているという。

「いきなり代わりを言いつけられるし、いつ戻るかもわからないから、あたしも困ってるんですよね」

ひねた声を遠くに聞きつつ、岡部は美代子のことが心配でならなかった。

母親の具合は？　あの黒水晶の瞳が、涙で濡れていやしないか。せめて見舞いにと思うも、どこの病院なのかは女性も知らないらしい。

「……ああ……」

どうしてもっと早く、彼女の連絡先を聞いておかなかったのか。

女性にもしつこく尋ねたが、美代子の自宅も電話番号もわからずじまいだった。あげくの果てに、「あたしたち皆、プライベートでまで仲良くないんですよね」と突き放すように言われて、悄然とうなだれる。

もうこれきり、彼女には会えないのか？

否、おそらくそれだけでは済まない。このまま別れてしまえば、この一週間の逢瀬はただの旅行客の気まぐれ――彼女にそう誤解されてしまうのではないか？

嫌だ、勘弁してくれ。自分が彼女を傷つけるだなんて。

岡部は息を震わせ、鞄のベルトをきつく握り込む。

するとそのとき、鞄の蓋の隙間から、帰りの車内で読むつもりだった文庫本がちらりと見えた。

鞄の中に手を突っ込み、慌てて取り出す。『檸檬』『梶井基次郎』と書かれたそれは、見れば見るほど美代子への餞別にふさわしいように思われた。

「あの、お願いします！　これを美代子さんに」

破った手帳に郷里の住所を書きつけ、本の最初に挟み込む。それを女店員にうやうやしく差し出すと、彼女は面食らいながらも、「渡すだけでしたら」と受け取ってくれた。美代子も自分のことを憎からず思ってくれていれば、一度くらいは手紙をくれるんじゃないか。

そんな期待に縋って帰郷したものの、結果として、美代子からの知らせが届くことはなかった。就職後も休日ごとに東京タワーに通ったが、あの愛らしいポニーテールはどこにも見つからない。

彼女はあれきり、売店の仕事を辞めてしまったようだった。

＊

「――そしたら岡部さん、その後はずっとおひとりで？」

岡部の昔語りを聞き終えた佳恵は、複雑な思いで深く息を吐いた。テーブルに並べた料理はほとんど胃に収めてしまっていたが、途中からは食事そっちのけで話に聞き入っていた。

岡部は空になった容器を押しやり、「まあな」と顎を引く。

「別に彼女に操を立てたつもりもないが、それから何十年のあいだになんやかやあっても、所帯を持つほどの縁はなかったな」

とはいえ、これだけ女性に優しい岡部のことだ。モテなかったのではなく、たんに彼がその気にならなかったということだろう。

佳恵はいったん席を外し、ティーバッグの紅茶を淹れて戻ってくる。岡部はくつろいだ様子でそれを啜ると、「そういえば」とつぶやいた。

「あのレモンも、元をたどればそれだったな」

「レモンって……庭に生えてる、あれですか？」

「さよう。あいつは長い海外暮らしが終わって、あの家に落ち着いたときに植えたんだ。元々は伯父《おじ》貴《き》の家だったが、引き取り手がないからと私が譲り受けてな。定年までいくらもなかったし、ここでひとりで死ぬのかと思ったら、ふと昔のことを思い出して懐かしくなった。まあ、結局はこうして施設に入っとるわけだが」

岡部はカップを掲げて笑い飛ばす。

「あ、じゃあ、選んだ施設がタワーの麓っていうのも、ひょっとして思い出の地だから？　やだー純愛ー」

冷やかしの視線を送ってやっても、彼は動じる気配もない。それどころか、

「ちなみにレモンの木の花言葉は、『誠実な愛』。今の話にもぴったりだろう」

そう言ってふふんと胸を張った。

「うーん、ご自分で言うもんじゃないと思いますけど」

「そうか？　女子《おなご》はこういうのが好きそうだが」

「人によりますって。女だからってひとくくりにしないでください」

佳恵はカップを手のひらで包んで苦笑する。

六十余年前の東京タワーで交わされた、淡い恋心――。たしかに甘酸っぱい話だとは思うし、ドキドキしながら聞いていたのは否定しない。

しかし正直言って、佳恵にとっては対岸の花火を眺めるような感覚だった。

恋愛も、その先にあるであろう結婚も、すべて自分と地続きだとは思えない。男とどうこうしている暇があるなら、《メゾン・デュ・シトロン》をもっと繁盛させたい。私に言い寄るより客になって。そんな情緒のないことを思ってしまう。

たぶん自分は、結局のところ、どこまで行っても仕事人間なのだ。

数年前なら多少は寂しく感じたかもしれないが、今どき選択肢はいくらでもある。恋愛、出産、趣味、自己研鑽《けんさん》。自分の場合はそのうち、人生を充実させられるピースがたまたま仕事だったというだけ。

隣の芝生はいつだって青いのだから、逐一気にしていても仕方ない――。

会社を辞め、オープン後も無我夢中で走っているうちに、いつしかそんな悟りの境地に到りつつあった。それがはたして幸せなのかは、よくわからないけれど。

「あの、岡部さん」

もう一度紅茶を呑み込んだ佳恵は、ふと思いつき、逡巡ののちに尋ねてみた。

「失礼だったらすみません。おひとりでいらっしゃるのって、どんな感じですか」

「どうとは……。老後のことかね？」

「ええ、まあ」

うなずいた佳恵に、岡部はふむと考え込む。

「寂しいとかそうでもないとか、そういうのを知りたいんだろうが……」

独白するようにつぶやき、浅黒い顎をさすった彼は、やがて身を乗り出し、佳恵の目を覗き込んだ。

「答え合わせには早いんじゃないか」

「え？」

「お前さん、まだ私の半分も生きちゃおらんだろ。迷い、悩み、おおいに結構。当たり障りのない人生なんぞ、面白くもなんともない。……ああ、そういやこんな諺もあったな。『Life is like a cup of tea, it's all in how you make it.』」

「なんです？『人生は一杯の紅茶』……？」

「そうだ。『そしてその中には、自身の作ったもののすべてがある』。生き抜いた結果が出がらしみたいな紅茶じゃ、お前さんも不服だろう？」

岡部は当然のごとく言い切ると、紅茶を飲み干し、いたずらっぽく微笑んだ。

エレベーターの前まで岡部を見送った佳恵は、軽くなった紙袋をぶら下げ、エントランスに向かっていた。

結局、彼の気落ちの原因はなんだったのだろう。しばらく店に現れなかったのもそのせいだろうけれど、今日は岡部も、佳恵に心配をかけまいと気丈に振る舞っているように見えた。

話すうちにいくらか気分が上向いたようだが、普段の彼はもっと上機嫌だ。紅茶は何杯もお代わりするし、こんなに早く暇を告げることもない。

それに、美代子さん——彼の初恋の女性——は由布子に似ているのではなかったか。にもかかわらず、由布子を思い出した気配もなければ、別れ際も淡白すぎたように思う。いつもの調子だったら、「次は由布子さんを連れてきてくれ」くらいは言いそうなものなのに。

佳恵は悶々としながら、広いエントランスを横切った。

フロントのコンシェルジュに会釈し、そのまま退館しようとしたのだが、自動ドアの脇、水色のポロシャツの女性が掃除機をかけているのに気づいた。

その色白の顔には覚えがある。ダイニングでランチを広げたとき、ごゆっくり、と声をかけてくれたスタッフだ。

どう声をかけようかと考えあぐねていると、「あら」と彼女のほうから振り返る。

「たしか岡部さんのお客さまですよね。ランチはもうお済みに?」

「ええ、先ほど」

「それは良かった。岡部さん、喜ばれたでしょう。訪ねてくださったうえに、お料理まで、なんて。素敵なご友人をお持ちでうらやましいわ」

掃除機を片手に微笑まれ、佳恵は少し迷いながらも、今回の訪問理由を打ち明けた。岡部が店の元家主だと話すと驚いた様子だったが、その表情はたちまち曇ってしまう。

「そうでしたか……。最近はお昼にも下りていらっしゃらないことが多くて、私たちも心配だったんです。岡部さん、『老人こそ身体が資本』なんて言ってらしたのに」

「そのことなんですが、何かあったんでしょうか。あの岡部さんが元気を失くすなんて、きっとよほどのことですよね」

差し支えなければ、と事情を尋ねると、女性はわずかに言い淀んだのち、言葉を選ぶように話し出した。

曰く、ここに入居中のある老婦人が、先日転倒して足を骨折してしまったという。現在は入院中だが、この施設では高度な介護サービスを受けられないため、退院後は別の施設に移ることになったらしい。

「その方はムードメーカーというんでしょうか、老若男女問わず、どなたにも優しくて。うちでも人気者だったんですが、岡部さんはとくに親しくなさっていたんです。その方が入院されて以来、館内の雰囲気もどことなく沈んでしまって……。私たちも残念に思うくらいですから、岡部さんの落ち込みはなおさらでしょうね」

女性は頰に手を当て、やり切れなさそうに声を落とす。

「次の施設は――その方が次に入られる施設というのは、この近くなんでしょうか」

佳恵がふたたび尋ねると、女性はそれにも首を振った。

「それならまだ良かったんですが、おそらく遠方になると聞いています。要介護認定も受けることになるでしょうし、そうなると役所の手続きもありますからね。この機においた子さんのお宅の近くに、ということでしょう」

「それじゃあ、気軽に会いに行くのも難しそうですね……」

まして岡部の年齢では、これが今生の別れになってしまう可能性もある。

岡部自身もそれを理解しているからこそ塞いでいるのだろうが、病気や事故とはまた違う、こんな別れ方もあるのかと思った。呑み込むしかないとわかってはいても、辛いことに変わりはないだろう。

「……ありがとうございます。またうかがいますね」

佳恵は女性に頭を下げ、やるせない思いで施設をあとにした。

行きより身軽になっているはずが、片手に提げた紙袋はずっしり重みを増したようだった。

3

Poisson《ポワソン》

十一月も半ばに差しかかると、《メゾン・デュ・シトロン》の庭は目に見えて賑やかになった。

晩秋から初冬にかけては、待ちに待ったレモンの収穫期だ。硬く青々としていたレモンの実が、朝晩の冷たい空気に晒され、日ごと華やかに色づいていく。

約二カ月ごとの施肥や摘果《てきか》・摘蕾《てきらい》、害虫駆除等々、地道な苦労が報われる日ももうすぐだ。

そう思えばおのずと心も浮き立つもので、早朝の庭に入った健司は、ぶら下がった実を見上げてほくそ笑んだ。

——ああ、早く弥生さんに見てもらいたいな。

この立派な木を見たら、彼女はなんて言うだろう。鉢植えなんかは日常的に取り扱っているだろうし、無関心ってことはないよな、たぶん。できたら育て方の相談に乗ってもらって、僕はレモンのドリンクなんか作って……と、妄想もたくましく店の裏手に回り込む。

そして勝手口のドアを開けると、ちょうど目の前に佳恵がいた。

休日仕様のパーカーにジーンズ、小脇に挟まれているのは雑に畳んだ新聞。郵便受けから取ってきたあと、店のテーブルで読んでいたのだろう。

「おはようございます」

「えっ、そうですか⁉ 休みだってのに早いわね」

あははと誤魔化しながらも、久々のメニュー開発だから気合い入ってたのかな」

「ふぅん……。店は好きにしてくれていいけど、私はもうすぐ出るからね。冬メニューは、ついでにデリバリー用のも考えてちょうだい。迷うことがあったら相談して」

「了解です」

と、ひそかに胸をなで下ろしたその直後——

「ああ、それと。そのデレデレの顔、どうにかしたほうがいいと思うわよ」

佳恵はすれ違いざまににやりと笑い、鼻歌とともに二階へ戻っていった。

ま、まさか気づかれてる？

慌てて両手で口を塞いだものの、確かめる術もない。調子っ外れの鼻歌は、恋する男をからかうようにしばらく続いていた。

——あの、円山さん！

健司が配達を終えた大輔を呼び止めたのは、今月はじめのことだった。

あの運命の夜──イタリアンの偵察帰りに弥生を見かけてから早三カ月。今では仕事帰りにときどき立ち寄って話す程度には良好な関係を結べているが、そこからどう進展させるべきか、健司は悩みに悩んでいた。

そこで相談相手に選んだのが、れっきとした彼女持ちである円山大輔だ。

まるやま農園の配達ルートは、たしか《メゾン・デュ・シトロン》が最後だったはず。ならば少々長居させても許されるだろう、と佳恵の目を盗んで手招きすると、彼は熊のような巨体を揺らして勝手口まで戻ってきた。

──すみません。折り入ってご相談があるんですが……！

──え？　僕にかい？

不思議そうにする大輔にしーっと人差し指を立て、すばやく外に出る。

男同士なら、という狙いどおり、さほどの緊張もなく事情を打ち明けられたまでは良かったが、健司はその数分後には己の人選ミスを悟っていた。

何しろ彼の話は、終始要領を得ないのだ。

──あの、リョウさんとはもう八年近いんですよね。どういう経緯でお付き合いを？

──ええと、どうだったかなぁ……。居酒屋でたまたま隣になって、気づいたらリョウちゃんちにいた気がするなぁ。

──そ、それじゃ、付き合うに当たって、何か告白みたいなことは……。

――うーん、どうだろう。あの日は僕、酔っぱらってて、ほとんど記憶がないんだよね。言ったのかな、言ってないのかな……。あ、もしかしてリョウちゃんからだったりして。西田くんはどう思う？

知りませんよそんなの！　と脳内でちゃぶ台をひっくり返す。

あげくの果てに、大輔はにこにことスマホを取り出すと、「そういうのはリョウちゃんのが得意だよ」と、健司の相談内容をそっくりそのまま、洗いざらい電話で喋ってしまった。

これは自分のせいか？　口止めしなかった僕が悪いのか？

あまりに自然な流れに思わず自己嫌悪に陥りかけたが、リョウは意外と真面目に聞いてくれていたらしい。

『あのなあ。あんた、何ぐずぐずしてんだ？　そんだけ良い武器持ってんだからさ、さっさと打って出ろよ』

「はあ」

『まだわかんないのか？』

ピンと来ない健司に苛立ったのか、スピーカーホンから舌打ちの音が飛んでくる。

『あんたの一番の武器っつったら、料理だろ料理！　いっぺん本気で振る舞ってやって、彼女の胃袋をつかむんだよ‼』

そんなこんなで、健司は〝冬メニューの試食〟という名目のもと、弥生をランチに招待することにした。

シフトのない日なら、とふたつ返事でOKをもらえたのは幸いだったのだが、佳恵が不在の日を聞き出し、定休日の店を借りたいと願い出て、メニューに悩んでいたらあっという間に月半ばだ。

段取りの悪さが嫌になるけど、このまたとないアピールチャンス。特別なもてなしで迎えて、あわよくば告白なんかも……と、妄想は膨らむばかりである。

よし、と気合いを入れた健司は、戦場に赴くような心地でコックコートを身につけた。

戦いの火蓋が切られるのは、本日正午ちょうど。あと四時間もすれば、弥生さんが《メゾン・デュ・シトロン》にやってくる。

カウンターのサボテンを見つめて心を落ち着かせると、健司は慎重に、しかし手は止めることなく、着々と調理を進めていった。

「ごめんくださーい」

表から声がしたのは、時計の針が文字盤の頂上で重なりつつあるころだった。コンロの火を止め、慌てて出ていくと、弥生が若干緊張した面持ちで立っていた。

「お招きありがとうございます」

健司と目が合うなり微笑んだ彼女は、可憐なワンピース姿だ。花屋では動きやすいパンツスタイルが主であるため、そんなよそ行き仕様に思わずドキッとする。

男として、少しは意識してもらえている……のかな。

「よっ、ようこそ！　お待ちしてました」

声を上擦らせながらもさっそくカウンターに案内すると、店内をきょろきょろと見回していた弥生は、「あ、サボテン」と目を瞬いた。

「ここに置いてもらってたんですか」

彼女のために椅子を引きつつ、健司ははい、とうなずく。仕事中、これを見るたび貴女を思い出すんです――とは恥ずかしすぎて言えないが。

「じゃあもしかして、お庭のレモンのお世話も……」

「僕がしてます」

「やっぱり！」

健司が答えたとたん、弥生は嬉しそうに手を合わせた。

「さっきは驚きましたよ。ここかなって門から覗いたら、あんなに立派なレモンの木があるんですもん。うまく実がついてるってことは、それだけ手間暇かけてあげてる証拠ですよね」

いいなぁ、私も何か育てようかなぁ、と彼女はうっとり繰り返す。

毎日の世話は正直楽ではなかったが、健司はこの瞬間、岡部とこの古民家を選んだ佳恵に感謝を捧げたくなった。

内心にやつきながらお冷やを運び、彼女が選んだグラスワインをサーブする。

いつもの店の中に、彼女がいる。それはまさに夢のような光景で、しゃんとしろとほっぺたの内側を嚙みつつ、手書きの『本日のメニュー』をカウンターに滑らせた。

「え、すごい。これってコース料理ですよね？」

彼女はもっと気軽につまめるものを想定していたらしかったが、せっかく振る舞うのだから、とあえてコース仕立てにしてみたそれは、口直しや食後のお茶を除けば全五品。

・有機ニンジンのムース　ウニとキャビアを添えて
・カリフラワーのポタージュ
・ヒラメの香草パン粉焼き　ソース・ヴェルモット
・イベリコ豚のシードル煮込み　完熟焼きリンゴとともに
・パンペルデュのホットショコラがけ

佳恵が知ったら「ウニやキャビアなんて原価割れでしょ！」と立腹するに違いないのだが、今回はポケットマネーでの調達だ。勘弁してください、と心の中で合掌して一品目の皿を持ってくる。

「お待たせしました。こちらが前菜、有機ニンジンのムースです」

皿に載ったカクテルグラスの中には、よく冷えたオレンジ色のムース。中央にはウニをちょこんと載せ、極小の黒真珠めいたキャビアで飾ってある。

弥生がどんな反応をするか、ハラハラしながら差し出すと、彼女は皿を前にした瞬間、かすかに息を呑んだ。

「弥生さん？」

「あっ、ごめんなさい！　つい見とれてしまって……。西田さんのお料理、美味しいのはわかってますけど、ずっとデリバリー仕様だったから」

「ああ、そうか。ちゃんと盛りつけてあるのははじめてでしたね」

そうですよ、と弥生はしかつめらしく顎を引く。

彼女は椅子の上で居住まいを正し、「いただきます」と律儀に手を合わせてから、磨かれたスプーンで控えめにムースをすくい取った。

それが口に吸い込まれた直後、大きな双眸《そうぼう》がやわらかくほころぶ。彼女が目の前で味わってくれているという事実に、健司の胸まで熱くなる。

「美味しい……。なんて言ったらいいのか、とっても優しい味ですね。ニンジンがとろけそうに甘くて、なのに口の中に入れた瞬間、ふわっと溶けちゃって。ずっと味わっていられないのがすごく残念」

「泡《ムース》ですしね」

健司もつられて笑った。気に入ってもらえたようでまずはほっとする。

その後も健司は、カウンター越しに話しながら、弥生のペースに合わせて料理を仕上げていった。

熱々のカリフラワーのポタージュに続いて、今朝豊洲で仕入れたヒラメの香草パン粉焼き。

いつもは信頼できる仲卸業者に配達してもらっているが、やはり自分の目で選べるのはいいなと思う。そんな話をしてみると、彼女も興味深そうに食いついてくれた。

実によく食べ、よく笑いながらも彼女は聞き上手で、会話もおおいに弾む。ときどき挟んでしまう蘊蓄にさえ、彼女は嫌な顔ひとつせず耳を傾けてくれるのだから、健司は浮かれる一方だ。

たとえば二杯目のワインのあと、イベリコ豚のシードル煮込みをサーブしたときだった。

「イベリコ豚って有名ですけど、どこが産地かご存知ですか？」

健司は舞い上がるあまり、皿を置くと同時に話を振ってしまったのだが、弥生はとろとろに煮込まれた分厚いロース肉を見下ろし、「そうですねぇ……」と真剣に考え込んだ。

「なんとなくイベリア半島っぽい……ということは、スペイン？」

「そうです！　イベリア半島が原産の豚で、中でもスペイン政府が認めたものだけがイベリコ豚を名乗れるんですよ」

健司は前のめりになり、嬉々としてまくし立てる。

「現在食肉用に飼われている豚は多産、それに早熟な品種が多いんです。だから効率よく飼育できるんですが、イベリコ豚はその逆。一度に産まれる頭数も少なく、時間をかけて育ちます。そのうえランクが高いものは放牧されてストレスも少なく、餌はドングリだけ。ドングリにはオリーブオイルと同様、オレイン酸が豊富ですから、ドングリを餌に育ったイベリコ豚も旨味がたっぷりというわけです」

「へえー、そういう仕組みだったんですね。でも考えてみれば、人も動物もおんなじですよね。食べたものから身体ができるっていうのは」

弥生は感心したようにうなずくと、「では」と目を細めて、クリームをまとった豚肉と玉ねぎを口に放り込んだ。

「あ、やわらかい！　それに焼きリンゴも……えっ、豚肉とリンゴってこんなに合うんですね⁉」

口元を押さえて驚く彼女に、健司も「でしょう？」と胸を張る。

「これはポークノルマンディーとも言うんですけど、フランスのノルマンディー地方を代表する料理で、たいていは豚肉にリンゴ、乳製品を使うんです。シードル――あちら名産のリンゴの発泡酒が、肉をやわらかく、風味豊かにしてくれるんですよ。あっ、あと、うちの店では出しづらいですが、ごはんと合わせても美味しいですよ」

さっそく想像したのか、弥生は咀嚼しながら目を輝かせると、実に満足げに眦《まなじり》を下げる。

はふはふと懸命に頬張るその姿は、やっぱりとんでもなく可愛かった。

張り詰めていた気持ちがようやく緩んだのは、カウンターに最後のデザートを置いたときだった。

「パンペルデュって、フレンチトーストのことだったんですね！」

皿を覗いた瞬間、弥生が無邪気な声を上げる。

バゲットを使ったフレンチトーストの上には、自家製のバニラアイス。さらにその上から、とろりとベリーソースをかけてある。

「ええ。パンペルデュというのは〝失われたパン〟という意味で、本来はパン職人が売れ残ったパンを再利用したものなんです。日本で言うもったいない精神ですね！　でも元々フレンチトーストって、焼きたてのパンより、少し固くなったものを使うほうが美味しいんですよ」

「えっ、知りませんでした」

「水分が抜けているぶん卵液が染み込みやすくなって、よりしっとりした仕上がりになるんです。そこにこうして——」

と、用意しておいたソースポットを手に取ると、健司は熱々のガナッシュをパンペルデュ全体にたっぷり回しかけた。濃厚なチョコレートの香りがふわりと広がり、弥生の口から歓声が上がる。

「こうしたら冬っぽいかなと思ったんですけど……どうでしょう」

「いいです、すっごくいいと思います！　あれですよね、こたつでアイスみたいな」

「わかります？」

「もちろんですよ！　あったかいのと冷たいの、一度に楽しめるって冬ならではの贅沢ですよね」

ふふっと細められたその目元に、健司はまたもやどぎまぎしてしまう。

その後、健司も弥生に勧められるがまま、カウンターに並んで一服入れることにした。紅茶をふたりぶん淹《い》れてから、彼女の隣の隣、サボテンの前に腰を下ろす。

ひとつ空けられた席に彼女が何か言いかけた気もしたが、紅茶を啜って緊張を誤魔化すうち、彼女も静かに紅茶に向き直った。

隣り合って座りたいのは山々だけれど、ただでさえ密室にふたりきりだ。彼女に喜んでもらえただけで満足なのだし、不用意に距離を縮めて警戒されたくはない。

思えば《メゾン・デュ・シトロン》が開店してからというもの、一度のランチにこれだけ心を砕いたのははじめてだった。メニュー選びに始まり、調理工程のひとつひとつに至るまで、つねに弥生のことが頭にあった。

この味つけは彼女好みか、彼女は気に入ってくれるか……。判断基準はそんなことばっかりで、予算や時間の縛りはあれど、正真正銘、全力を尽くした。ゴールまで走り切ったこの爽快感が、今はとにかく誇らしい。

でも——なぜだろう。

健司は心が満たされた反面、何か薄ら寒さのようなものを感じていた。

フレンチの料理人として働き始めてからの四年間、こんなに真剣に、特定の誰かのために料理に打ち込んだことがあっただろうか？

一度くらいは、と焦って記憶を漁ったものの、それらしきものは見当たらなかった。

カップの底に沈んだ茶葉を見つめて、健司は考え込む。

仮に、だ。

もし仮に、今日弥生に振る舞った料理が自分のベストだとするならば、普段の仕事はなんなのだろう。

手抜き？　惰性？

そんな言葉がよぎった瞬間、全身から血の気が引いていく。

仕方ないじゃないか、大勢の客を相手にするんだから。自分に向かってそう弁解しながらも、

――これを〝やっつけ仕事〟と言うんじゃないのか。

つい先日抱いたばかりの不満が思い出されて、なおさら喉が詰まった。そんなつもりはない、のだが……。

「西田さん」

そのとき、涼やかな声が響いて、健司ははっとした。慌てて顔を上げれば、弥生が気遣わしげにこちらを見つめている。

「すっ、すみません！　ちょっとぼーっとしてしまって……」

「いえ。せっかくのお休みなのに、こんなに腕を振るってくださったんですから。疲れるのも無理ありませんよ」

こちらが気もそぞろになってしまったというのに、弥生はにっこり微笑んでくれる。

「デザートにお茶まで、本当にごちそうさまでした。お料理、どれもすごく美味しかったです」

「あの、弥生さん」

「これなら冬のメニューも大評判間違いなしですね。素敵なビストロがあるって、友達にも宣伝しておきますよ」

「ありがとうございます。って、いや、それよりですね――」

告白は？　するのか⁉　しないのか⁉

脳内は完全にパニック状態だったが、彼女は「今日はお招きありがとうございました」と足元のバッグを手に取り、貼りつけたような笑顔で出ていってしまった。

財布を出すのはどうにか押しとどめられたが、頭がついていかない。門まで見送りに出るので精いっぱいだ。

「ええと、ええと……あっ、そう、営業中にもまたぜひいらしてください！　いつでも歓迎ですから！」

揺れるワンピースが見えなくなるまで手を振ってから、「はあぁ……」と門扉に縋りつく。

弥生さん、がっかりしたかな。絶対したよな。

この機に告白どころか、彼女を放って考えごとに耽《ふけ》ってしまうなんて。

恋愛面でも不甲斐ない自分に、健司はますます落ち込み、ぺしょんと萎《しお》れたのだった。

＊＊＊

翌定休日。昼下がりの《メゾン・デュ・シトロン》には、お化け屋敷もかくやという啜り泣きが響いていた。

ひぃ〜んいんいん……、ひぃ〜んいんいん………。その合間にブーッと鳴るのは、盛大に洟をかむ音だ。

「ちょっと由布子、垂れてる垂れてる！」

「なによぉ……今日はもうどうだっていいのよぉ……。私が鼻水垂らしていようがいまいが、健司くんは他の女に…………………ウッ」

ついにテーブルに突っ伏した友人の姿に、佳恵はやれやれと肩を落とす。

どうにかできない？　と視線を転じてみるが、向かいでスマホゲームに興じているリヨウも、出来たてのクリスマスリースにリボンを結んでいる葵も、無言でかぶりを振った。

「こうなるのがわかってたから、知られたくなかったのよねぇ」

「強火のファンってのも大変だな」

ガチャを引きながらぼそりと漏らしたリョウにも、まったく同感だ。

事の発端は昨夜。夜の調理補助のバイトが急に来られなくなり、由布子に頼んで昼夜連続で厨房に入ってもらったときだった。

夜はアラカルト中心になるとはいえ、厨房内の仕事に大きな違いはない。由布子さんなら、と健司も歓迎していたのだが、ラストオーダーが近づくにつれて落ち着きを失くしていく彼に、由布子は目ざとく気づいたらしい。

猛スピードで閉店作業を済ませ、健司が「お先です！」と緩んだ顔で出ていくと、佳恵は即刻由布子に問い詰められた。

――ああ～、まあねぇ……。彼にも急いで会いたい人くらいいるかもねぇ～……。

と、迫力に負けて漏らしてしまったのが運の尽き。

いつまでも隠し通せるものでもないとは思っていたものの、この激しい嗚咽を聞くに、彼女は相当なショックを受けたらしい。しかし明日の厨房のためにも、早く立ち直ってもらわなければ。

由布子のつむじを見下ろし、どうしたもんかと悩んでいると、「あ、でも」とリョウが視線を寄こす。

「そもそもあいつ、なんとかって男にそっくりなんだよな？」

「そうそう。えーと、誰だったかな。《T～ilde《チルダ》》のユッキーくん？　由布子、最初はそのファンだったのよ」

「そんなら、まだ救いはあるんじゃないか。元祖の推しは残ってるんだから」

リョウの言葉にはっとし、由布子の動かない背中を力任せに揺り動かす。

「ねえ聞いた⁉　高木の言うとおりよ。健司くんにちょーっと彼女ができたとしたって、由布子にはユッキーがいるじゃない！　生身の人間に一喜一憂するより、そのぶんユッキーを好きなだけ追いかけたらいいのよ。そのためのアイドルなんだもの……！」

だがしかし、必死の慰めも虚しく、由布子は蘇生したゾンビよろしくゆらりと頭を持ち上げた。

「……ユッキーなんて……ユッキーなんて……」

「んん？」

「――あ。そういえば先月、熱愛発覚していたような」

葵が冷静につぶやいた瞬間、「いやあああ」と悲鳴がぶり返す。

佳恵は目を覆って天を仰いだ。由布子が人間に戻るのはまだまだ遠そうだった。

そんな奮闘の末、由布子を正気に戻すのをあきらめた佳恵は、気を取り直すべく、二階の自宅から缶ビールを持ってきた。

「どう？」

「いいな。飲む飲む」

目を輝かせたリョウに一本渡して、プシュッと開栓。ダイエット中なのでと遠慮した葵も、プーアル茶入りのマイ水筒で乾杯だ。

「はー、最高！　何が最高って、やっぱ平日の昼間っからっつうのが最高だな。あたしがこうして呑んでるあいだも、会社の奴らはあくせく働いてんだもんよ」

リョウは白い口ひげも拭わず、悪役ばりの嗤《わら》いを浮かべる。今も佳恵の古巣の食品会社でビーカーや分析機器に囲まれている彼女は、新商品の開発が一段落して、数カ月ぶりに有給休暇を取ったらしい。

「でもさあ、せっかくの休みなんでしょ。ここでグダグダしてていいわけ？」

「どこで過ごそうがあたしの勝手だろ。大ちゃん仕事だし」

「あのヒモくんがねぇ。立派になったもんだわ」

「ヒモ言うな」

脇腹をぞんざいにつつき合っていると、しばらく黙っていた葵が「それで？」と口を開いた。

「実際のところ、どうなんですか」

「どうって？」

「西田さんですよ。好きな人がいるってだけでも由布子さんは大ショックでしょうけど、あの花屋の人、なびく気配あります?」

「あー、駄目ね」

「駄目ですか」

「少なくとも前途多難ってやつだわ」

声をひそめながらも、佳恵は断言する。

「そのお相手がどう思ってるのか、それは知らないわよ? 私はまだ見たこともないし、健司くんからも何も言われてないし。けどねぇ、彼のあの奥手ぶりじゃあ、進展するにしても亀の歩みでしょうね」

佳恵は呆れ交じりに肩をすくめると、先週の顚末を話した。健司がめずらしく「定休日の店を借りたい」と頼み込んできたこと。だがその休み明け、心配になるほど彼の表情が暗かったことも。

おしぼりを出した形跡があった以上、花屋の女を店に招いたのはほぼ確実だろう。しかしあの顔つきでは、関係が進むどころか後退してしまったのではないか。

今は多少持ち直したようだが、こちらのほうが焦《じ》れったくなってしまう。

「なるほどなぁ。しっかし、あんなSSR級の顔面持ってるくせして、どんだけポンコツなんだ?」

「無理ですよ。西田さん、絶対自覚ないですもん」

「性悪男ってわけでもなし、あの顔で迫られれば悪い気はしないだろうに。あたしはシュミじゃないけど」

「そこなのよねぇ……。私もシュミじゃないけど」

ビールを舐めつつ口を挟んで、佳恵は「あ」と思いつく。

「ねえ。お相手の花屋の人、実はフリーじゃないとか？」

「だったら男の誘いにのこのこ乗らないだろう」

「うーん、それもそうか。店まで来てくれたのなら、まんざらでもないってことよね。店内ふたりきりで、美味しい料理も振る舞って――って、なんでそれで進展しないの⁉」

「いい大人のくせにな」

「西田さんだからでしょうね」

葵の言葉がすべてを物語っている気がして、他人事ながら不憫で仕方ない。

佳恵は頬杖をつき、飲み干した缶をカラカラ振った。それから少し考え、「……指南役が要るかもね」と誰にともなくつぶやいた。

「あの子はいっそのこと、誰かに恋愛指南を受けたほうがいいのかも。日ごろから女に囲まれてるのと、アプローチするのじゃ全然違うでしょう」

「だな。度胸や押しの強さも必要だし」

度胸……押しの強さ……と口の中でなぞった佳恵の脳裏に、ある人物がふと浮かぶ。

「ね、だったら岡部さんは？」

「誰だそれ」

「ここの元家主よ。英国仕込みのジェントルマン。ちょっと前まで、そこの窓際でたまにランチ食べてたでしょ」

「ああ、あの爺さんか」

「あー……でも岡部さん、まだ復活してないんだったわ。健司くんもだけど、そっちも心配なのよね」

佳恵が肩を落とし、事情をかいつまんで説明すると、リョウも葵もやるせなさそうに沈黙する。

岡部の施設を訪ねた日から、そろそろ一カ月。しかしいまだに、岡部は《メゾン・デュ・シトロン》に姿を見せていない。

——今日のランチは何かね。

そう言って店に入ってくる、彼の楽しそうな顔。それを覚えているからこそ、このまま縁遠くなってしまうのはあまりに惜しかった。

ううっと掠れた声がしたのは、手の中の空き缶をつぶし、二本目を取ろうとしたときだった。驚いた拍子にゴトンと倒してしまった缶の向こう側で、伏せっていた由布子が鼻水まみれの顔を上げた。

「あ、おはよう」

「岡部さん……」

「ん？」

「……岡部さん、まだお元気ないのね」

虚ろな目でつぶやく彼女は、それでも徐々に意識がはっきりしてきたらしい。ティッシュを取り出し、思い切りよく洟をかむと、窓際の席へと視線を巡らせる。

由布子はそのままテーブルの一点を見つめ、何か物思いに沈んでいたのだが、

「考えたんだけど――私たちで何か、岡部さんのためにできないかしら」

佳恵が首をかしげるやいなや、彼女は「元気になれる何かよ」と訴えた。

「岡部さん、こないだの感じじゃ、佳恵が持っていったお料理は喜んでくれたんでしょう？」

「まあ、おそらくね」

「それに人気者のおばあさんがいなくなってしまって、施設全体が暗くなってる」

佳恵は素直にうなずく。あの日スタッフが話したとおり、今思えば、館内に活気があったとは言いがたい。

由布子は目元をハンカチで拭うと、三人を順に見据えたのち、

「だったら今こそ食の出番よ」

と断言した。「悲しみは人それぞれだとしても、美味しいものが嫌いな人っていないでしょう？　ほら、佳恵も前に言ってたじゃない。食は癒やしだ、へばってるときでも

信頼できるお店があれば安心だって」

すっかり芯を取り戻した由布子の声を聞きつつ、佳恵も懐かしく思い出す。

由布子に付き合ってもらった二年前。店の候補地を探し回った二年前。そういや、そんなことも言ったかもしれない。さすが私、と自画自賛しながら頭を掻く。

「ええと、つまりこういうこと？《メゾン・デュ・シトロン》の料理で、岡部さんたちを元気づける……？」

「ん、そうそう。振る舞うのは岡部さんだけじゃなくて、他の入居者の皆さんにもね。そういう施設だったらきっと、季節ごとのイベントがあるでしょう？　そこで特別メニューとして、《メゾン・デュ・シトロン》のお料理を使ってもらうのよ。そうすれば――」

「岡部さんたちには喜んでもらえて、私たちは店を知ってもらえる……」

「ハロウィンは過ぎたし、今からだったらクリスマスか」

「それならフレンチもぴったりですね」

と、リョウと葵の反応も上々だ。

「……そうね。健司くんの意向も訊かなきゃわからないけど、なかなかの妙案かも。明日にでも相談してみる」

由布子に礼を言うと、彼女は「どういたしまして」と微笑んだ。

「岡部のおじいちゃん、早く元気になるといいわね」

「って、そう言う自分はどうなの？　お目々が真っ赤よ」

　腫れた目元を指差して睨むと、由布子は苦笑交じりに瞼を伏せる。

「……そうよね。知ったふうな口を利いちゃったけど、なんてことないのよ。私が今一番食べたいのが、健司くんのお料理ってだけ。健司くんのことで悲しんでるのに、おかしな話ね。気持ちが弱ってるときって、無意識に美味しいものを欲するのかもね」

　あははと乱れた髪を撫でるが、その動きはぎこちない。

「……由布子」

「あーもー、わかってるってば！　いくらファンっていっても、恋路まで邪魔したりしないわよ。自担の幸せが自分の幸せ。そういう覚悟がなくちゃ、アイドルの追っかけなんてやってらんないんだから」

　そう言って立ち上がるやいなや、彼女は佳恵から缶ビールを奪い、プシュッと音を響かせた。

　腰に手を当て、ごくごくと飲み干す姿はじつに潔い。佳恵ら三人は生還した彼女を讃え、惜しみない拍手を送ったのだった。

　庭に射していた西陽も弱まり始めると、由布子たちはそれぞれの家へと帰っていった。

　門まで見送りに出た佳恵は、ひとり店に戻って、空き缶やティーカップを無言で片づける。つい先刻まで賑やかな会話が響いていたホールは、今はとても静かだ。食器がカチャンとぶつかる音さえ大きく響く。

「……さて」

これからどうしようか。

ずいぶん日が短くなったが、一日の終わり支度をするにはまだ早い。佳恵は二階の冷蔵庫の中身を思い出し、自炊は無理だと判断すると、夕飯を兼ねて出かけることにした。

コートを羽織り、駅までの道をゆっくり歩く。石神井公園駅のロータリーを抜け、改札の前に立ったところで目的地を決めていないのに気づいたものの、そのままホームに滑り込んできた池袋行きの電車に乗り込んだ。

ドアの脇、手すりに寄りかかって短く息を吐く。

間もなく電車が走り始め、流れていく景色を見るともなしに眺めていると、やはり脳裏に浮かんだのは先刻の由布子の提案だった。

――《メゾン・デュ・シトロン》の料理で、岡部や入居者を元気づける。

もう少し具体的にするなら、施設の行事に合わせて、《メゾン・デュ・シトロン》の料理をケータリングするということだろう。

妙案だ、と思ったその気持ちに嘘はない。だがよくよく考えてみると、本当に実現可能なのかは心許なかった。

イベントに合わせた料理となれば、出す側の責任も重大だ。食事が期待外れでは楽しいイベントに水を差してしまうし、そもそも先方は高齢者施設。お年寄りでも食べやすいよう、メニューの調整も必要になるだろう。

加えて、数十人ぶんのケータリングが採算に見合うかどうか。岡部たちを励ましたいのは山々だが、《メゾン・デュ・シトロン》は慈善事業ではない。今は黒字に引っかかっているけれども、それもかろうじて、だ。ここで赤字を出そうものなら店ごと傾いてしまう。

佳恵は電車の揺れに身を任せつつ、スマホで会計アプリを立ち上げた。いつでもどこでもデータを見られるのはクラウド型の利点だが、ことあるごとにこうして気にするのは精神衛生上あまり良くないかもしれない。

しかしそうした自覚はありつつも、佳恵は操作する指を止められなかった。

今月の売上はどうか。資金はショートしないか。そんなことばかり考え、並んだグラフを睨みつけている。

思い返せば、はじめて真の意味で恐怖を覚えたのは今年の夏だった。曲がりなりにも右肩上がりだった時期を過ぎ、イタリアンに客を取られて大幅な売上減を味わうと、ある疑問が現実味を帯びて胸に迫ってきた。

私はいつまでこの店を守れるのだろうか、と。

幸いにして一年目は乗り越えられたが、その幸運が続くという保証はどこにもない。事実、近くに競合店ができただけでこのありさまだし、割引クーポンも振るわず、デリバリーもいまだ発展途上だ。売上に貢献するまでには至っていない。

そうした種々の不安に、弱気まで呼び寄せられたのだろう。

健司に由布子、ホール係や厨房補助のアルバイト。──もし万が一、彼らを落胆させてしまったら？　経営が行き詰まって、給料も払えなくなってしまったら？

私らしくない。そうも思うが、この一年半で身に沁みたこともある。

その最たるものは、《メゾン・デュ・シトロン》は自分だけでは成り立たない、ということだ。シェフである健司はむろんのこと、今いるメンバーが集まり、それぞれの歯車が嚙み合ってはじめて、店がうまく回っていく。

元より人員に余裕があるわけではないから、ひとりひとりが大事なパーツだ。スタッフとして頼もしくなるにしたがい、その思いはますます強固になっている。

《メゾン・デュ・シトロン》らしい店の空気があるとするならば、それは皆の力が合わさった結果、おのずと生まれているのだろう。

佳恵が舳先《へさき》で旗を振り回している船に、彼らはともに乗ってくれている。

そう考えればなおのこと、デリバリーに加えて、これ以上のリスクを負うのには抵抗があった。秋口の割引クーポンよろしく、経費すら回収できずに終わりかねないのだから。

ふと気づくと、車内アナウンスが間もなく終点だと告げていた。電車はネオン輝く池袋駅に到着し、佳恵も人波に押されるように改札に向かった。

西武百貨店の前に出たところで、腹の具合を確かめる。

しかしビールと一緒につまみも口にしていたせいか、すぐに飲食店を探す気分にもなれず、なんとなしにデパ地下に入ってそぞろ歩くうち、気づけば別館の書店まで来ていた。百貨店の数フロアを間借りした大型店舗である。

久しぶりに、ゆっくり本を見て回るのもいいかもしれない。

ひとつうなずいた佳恵は、息抜きのつもりで歩き出したのだが――悲しいかな、無意識に足が向かったのはビジネス書コーナーだった。

『最強！ 飲食店経営の教科書』、『お客が殺到する繁盛店のつくり方』……。そんな野心に満ちあふれた棚を見渡すと、なんだか疲れが倍増した気がした。

「……こういうの、私ももっと勉強すべきなのかしらね」

開業時には勇んで手に取っていたように思うが、今ではタイトルだけで食傷気味だ。

結局、何冊かめくってみてもこれはというものはなく、逃げるようにその場をあとにした。癒やしを求めて他の区画を順に回り、やがてフロアの反対側まで行き着く。

その一帯は洋書コーナーらしく、ものめずらしい気分で眺めていると、平台の端に置かれた写真集に目を惹かれた。

カバーの風景写真は、おそらく欧米のどこか。モノクロの街並みは素朴で、現地の空気ごとカメラに切り取られたかのようだ。

「これってどこの――」

と手に取り、ひっくり返して「あ」と思わず漏らす。

表紙ではわからなかったが、裏表紙の表記はフランス語だった。また仕事関係のものを引き当ててしまった、と苦笑する。

だがしかし、その端正な佇まいの写真集をこのまま手放すのは妙に名残惜しく、佳恵は他にもフランスの写真集を探し当てると、気に入った三冊をまとめて購入した。

レジで入れてもらった紙袋がずっしり重い。けれどそのぶん、心は軽くなったようだ。

今夜はこれを肴に呑み直そうかしら。

佳恵は紙袋を持ち直し、酒売り場を目指して歩き出した。ここのところ酒量が多い気もしたが、すぐに考えを頭から追い出し、ちょうど来ていたエレベーターに飛び乗った。


翌日は、十一月下旬にしてはあたたかな一日だった。

ランチ営業を終え、きちんと気持ちを立て直してくれた由布子やアルバイトを見送ると、佳恵は賄いの片づけを済ませた健司をフロアに呼びつけた。

「ケータリングですか？」

テーブルを挟んで座った健司は、話が始まるなり目を見張った。うん、と佳恵もうなずき、顔の前で指を組む。

「ほら、岡部さんが来なくなった理由はこないだ話したでしょう？　それで行事に絡めてうちから料理をケータリングして、元気づけられないかって話になったの」

そうひととおり説明しながらも、佳恵は内心、健司はどうせ反対するだろうと思っていた。

元来の消極的な性格に加えて、デリバリー導入時にもあれだけ渋っていたのだ。さらに負担が増えるとわかっていながら承諾するはずがない。

ところが、彼は考えるように首をかしげたのち、

「いいですね」

とあっさり微笑んだ。

「え、いいの⁉　デリバリーともまた違うのよ？」

「わかってますよ。立食パーティーなんかで料理がずらっと並ぶ、ああいう感じでしょう？　提供したことはありませんけど、イメージはつきます」

「でっ、でも！　品数も量も、普段の比じゃないでしょうし……」

思わず尻すぼみになり、本当にいいのかと再三確かめたが、彼の答えは変わらなかった。

「まあ、大変は大変でしょうけど。それでもデリバリーよりは、と思いますね」

そんなにデリバリーは嫌なのかと、別の意味で絶句する。

「けどきみ、バタバタしてた当初を思えば、最近はずいぶんと落ち着いたものじゃない。ピーク時にデリバリーの注文が重なっても、うまく回せてるわよね？」

それでもまだ苦手なのかと尋ねると、「オペレーション自体は、たしかにそうです」と健司もうなずいた。

「だからこれは、僕の気持ちの問題っていうか……。その〝気持ち〟を、もっと大事にしたいと思って」

「ええっと、ごめん。どういう意味？」

眉をひそめた佳恵に、彼はカウンターのサボテンを意味ありげに一瞥する。

「……この二カ月で感じたことなんですけど、デリバリーって、新規顧客の開拓には良いと思うんですよ」

「うん。そうね」

「うちの店を知らなくたって、サイトで検索して注文してくれる。わざわざ宣伝する必要もなければ、本来なら接点がなかったお客にも僕の料理を味わってもらえる。それってすごくありがたいことですよね」

椅子の上で居住まいを正した健司は、「でも……」とつぶやき、テーブルクロスを凝視する。

「でもそれだと、どこまで行っても顔が見えないじゃないですか」

「顔？」

「はい。お客さんがどんな顔をしてるか、どんな人なのか。注文が入ったことはわかっても、お客の素性は何もわかりませんよね。僕らが知るのは、注文の中身と配達員の情報だけ。それじゃあ僕は、今フライパンで温めてる料理が誰のためのものなのか、それすらわからないんです。ただ時間に追われて、調理マシーンみたいになって。美味しいって喜ぶ顔すら見られない」

ダークブラウンの前髪の陰で、健司はきつく眉根を寄せる。

それから細く息を吐き、眉間を緩めた彼は、「だからですよ」と恥じらうように顔を上げた。

「ケータリングだったらたぶん、そんなことはないですよね？　行事に絡めるってことは、施設とも事前に打ち合わせするんでしょう」

「まあ、そうなるわね」

打ち合わせどころか、企画の提案もこれからなのだが、メニュー構成や提供数なども相談して決めることになるだろう。

「だったら、僕も気分的にだいぶ楽です。量が多いといっても、前もって準備できますから。忙しいところに急に飛び込んできて、めちゃくちゃに引っ掻き回されることもないし」

「健司くん……。きみ、デリバリーをすっかり目の敵にしてるわね」

「だ、だってあれ、ホント心臓に悪いんですって！」

おろおろと言い訳を始めた健司に、佳恵も思わず笑ってしまう。

けれども――彼がすぐさま承諾したという驚きもさることながら、佳恵は同時に、己の怖じ気を見せつけられた心地がした。

佳恵が前のめりになり、健司は尻込みする。そんなバランスで今までやってきていたはずが、今度は知らず知らず自分が守りに入ってしまっていた。

「あー、まさか私が活を入れられるなんてなぁ」

「？　なんのことです？」

「なんでもなーい」

天井を見上げてうそぶき、もう一度思案する。

今の人員では対応できる数に限りがあるだろうが、その実、ケータリングならではのメリットというのも少なくはない。

最大の点は、店舗の営業やデリバリーとは違って、決まったメニューを注文数どおりに作ればいいことだ。ロスも少ないため、原価計算や工数管理さえ厳密におこなえば、事前に売上の見通しが立つ。

機材のレンタルなど、ケータリング特有の出費もあるけれど、ある程度ノウハウが溜まれば利益率も高くなりそうだ。

うまくいけば、新規事業に育てられるかもしれない。

息を吹き返したような気分でポケットから電卓を取り出すと、

「佳恵さん」

とふいに硬い声がした。不思議に思って見やれば、健司が卓上で固めた拳をじっと見つめている。

「恥ずかしい話ですけど……僕、忘れかけてたんです。作る料理に、気持ちを込めるってこと。忙しさにかまけて、ただ作るのが目的になってしまっていて……。料理の出来は変わらなかったかもしれないけど、そういう自分がどうしても許せないんです。気持ちの籠もってない料理を、お客さんに出してしまった。デリバリーではとくにです」

「……」

「だからもし次、ケータリングをさせてもらえるなら、僕の精いっぱいで応えたい。——やっつけ仕事はもう嫌だ」

そう言い切った強い眼差しには、かつての〝おどおどくん〟の影は見当たらない。

たった二年、されど二年……か。

彼がこれだけ伸びてるんだもの、私も負けてらんないわね。

佳恵は声もなく微笑むと、「さ、ディナーの準備よ」と席を立った。気づけば傾き始めた陽射しが、ホールを明るく照らしていた。

4

Viande《ヴィアンド》

パチン、と小気味よくハサミが入った瞬間、爽やかな香りが鼻腔をくすぐった。

ざらついた軍手の上に、しっかりとした重みを感じる。寒ささえも吹き飛ばしてくれそうな黄色い果実を見下ろし、健司は頰を緩ませる。

足元のカゴには、収穫を済ませたレモンが十数個。どれもよく色づき、丸々と育っていて、健司は使い途を考えるだけでも心が浮き立った。

昨年は収穫のタイミングが難しかったが、今年はだいぶ見極められるようになったと思う。

収穫の目安は直径六センチ。熟しすぎると酸味が飛ぶため、完全なレモンイエローになる直前――かすかに緑がかった状態で穫るのがベストだ。室温で数日放置して追熟させれば、尖った酸味も落ち着いてくれる。

「そろそろ時間切れかな」

めぼしい実を穫り終えた健司は、カゴを小脇に抱えて店へと足を向けた。今日のメニューを考えながら勝手口を開けようとすると、まさにそのとき、緑色のもじゃもじゃを抱えた佳恵と出くわした。

「あっ、ちょうどよかった。これ手伝ってくれない？」

朝の挨拶を交わす間もなく、もじゃもじゃを押しつけられる。

厨房にカゴを置き、しぶしぶ庭まで取って返すと、佳恵はすでに脚立を木の根元に据えていた。

「もうこんな季節なんですね」

脚立に上り、緑のもじゃもじゃ——小さなＬＥＤ球が連なったコードの片端を佳恵から受け取る。彼女もコードをたぐりながら、「いよいよ師走だものね」と嘆息した。

「これだって、十一月中に出そうと思ってたのに。毎日毎日忙しいったらありゃしない」

とはいえ、昨年葵の発案で施されたイルミネーションは想像以上にうつくしく、冬場も緑の葉を茂らせたレモンの木ともあいまって、まるで庭に大きなクリスマスツリーが現れたようだった。

ふうわりと明滅する窓辺の輝きは、今年もディナータイムを優美に彩ってくれるだろう。

妄想の中、うっとり見とれる客の横顔はいつしか弥生のそれになっていて、駄目だ駄目だ！　と健司は心の中でわめいた。

クリスマスの洋食屋なんて、仕事に忙殺されるも同然。叶わない夢なんか見るな、と己に釘を刺す。

と、その矢先——

「何そんなとこで百面相してんの！　危ないでしょ！」

「え？　あっ、おわあっ！」

足元からいきなり佳恵の怒声が飛んできて、脚立の上で体勢を崩した健司は、間一髪、頭上の枝にしがみついた。

「きみねぇ、落ちて怪我したらどうするつもりだったの⁉　労災よ労災！」

佳恵は青筋を立てて憤っていたが、だったら驚かさないでもらいたい。

これから年末までの一カ月、無事に駆け抜けられるのか。健司は佳恵の説教を聞き流しながら、しおらしくうなだれた。

その電話が店にかかってきたのは、ランチの仕込みを終え、由布子と洗い物をしていたときだった。壁の時計を見やれば、十一時の開店まであと十五分。

新規予約かキャンセルかと耳をそばだてていると、

「本当ですか⁉」

と佳恵の声が響き渡った。由布子と顔を見合わせ、濡れた手を拭って柱の陰からホールを覗き込む。

佳恵は「ええ、はい」と真面目な顔で相づちを打っていたのだが、やがて受話器を置くなりにんまり歯を見せた。

「許可が出たわよ！　岡部さんとこのケータリング！」

「まあっ」

「やりましたね！」

俄然盛り上がる三人につられて、アルバイトのホール係も不思議そうに拍手する。

佳恵が《ケアグランデ東麻布》に出向いて企画のプレゼンをしたのは、先週金曜のことだった。詳細な打ち合わせは後日おこなうらしいのだが、この電話が正式なＧＯサインだ。

施設のイベントの日取りはクリスマス前の水曜――ちょうど三週間後の今日らしい。

「見ず知らずの店じゃあ門前払いの可能性もあったけどね。うちはほら、岡部さんの関係者みたいなものでしょう？　その岡部さんを筆頭に皆沈んでるってのもあるし、競合の高齢者施設も、シェフを招いてコース料理なんていうところが増えてきたんですって。うちもちょうどいい機会だって言ってもらえたわ」

「あ、でも佳恵。それじゃあクリスマスに限らず、他のイベントでも使ってもらえるってこと？」

由布子が疑問を投げかけると、佳恵はそれには首を振った。

「今後定期的にランチイベントを開くか、それも込みでのお試しなんじゃないかな。参加者の反応も知りたいでしょうし。もちろん、私たちへの評価もね」

「てことは僕、責任重大ですね……」

ついつい怖じ気づいてしまったが、健司は引き攣った頬を軽く叩いた。自分も賛成したからには、気弱なことを言ってはいられない。

「とりあえず明日、担当者から具体的な要望をヒアリングしてくるわね。健司くんから確認したいことがあったら、それまでにまとめておいて」

「了解です」

真剣な顔でうなずく視界の端に、壁に飾られたクリスマスリースが映り込む。イベント当日まで、たったの三週間。常ならば余裕があっても、十二月は一年でもっとも多忙を極める。店の営業と並行しての準備は大変なものになるに違いない。と、悲愴な覚悟を固めたそのとき、チリリンと入り口でベルが鳴り、本日最初の客が顔を出した。

「いらっしゃいませ！」

瞬時に笑顔に切り替えた佳恵と声を揃えて、健司もそそくさと厨房へ戻る。気持ちを落ち着け、調理台の前でオーダーを待ちつつも、不安と高揚はないまぜになって胸の底に居座っていた。

明くる日の夜。仕事を終えてアパートに戻った健司は、ケータリング用メニューの検討を開始した。

シャワーで一日の疲れを流して、スウェット姿でもぞもぞ炬燵に入る。ワンルームの中央に置かれたそれは年中食卓と机の役割を担っており、つい先週、本来の役目も果たし始めたところだった。

実家から届いたみかんをひと房口に咥えて、大学ノートに向かい合う。

本日初回の打ち合わせに出かけた佳恵によれば、施設側からのリクエストは食感に関するものが大半だったらしい。

入居者は健康な高齢者がほとんどだといっても、咀嚼する力は大なり小なり弱っている。固すぎる食材のみならず、ぱさついたものや弾力のあるものなど、喉に詰まりやすいメニューもNG。介護食とまではいかなくとも、細かな配慮は要りそうだ。

「ムースやピュレを多めに使うといいのかな。裏ごしもしっかりめで、肉もいつもよりやわらかくして……」

口の中でつぶやきながら、思いついた順にメモしていく。

あまり意識したことはなかったが、こうして眺めてみると、フレンチというのは案外高齢者向きなんだなと思った。油分を減らすといった調整は必要だろうが、喉越しの良い調理法には事欠かない。

「……ああ、それから、和食っぽいアレンジもアリだよな」

岡部のように洋食に慣れている人ばかりではないだろうから、とっつきやすい味つけも取り入れたほうが喜ばれるのではないか。

佳恵曰く、店の宣伝も兼ねているということだし、オードブルはなるべく店の定番メニューを中心に――と考えに任せてペンを走らせるうち、気づけば手元のページはメニューの候補で埋まっていた。

多すぎたかとも思うが、全体のバランスを見ながら絞り込んでいけば、それなりの品数に落ち着くだろう。

「あとは……」

とつぶやき、背後のベッドを一瞥する。今朝抜け出したままの布団に転がっているのは、帰宅後に放り出したスマートフォン。

しかしそれを手に取るべきか否か、健司はしばし躊躇《ちゅうちょ》した。

せっかく試作をするなら、誰かに感想をもらいたい。佳恵たちにも当然試食してもらうが、関係者以外からも忌憚《きたん》のない意見を頂戴したい。そう、もっと言うなら弥生さんから――

――すごく美味しいですよ、西田さん！

きらきらと目を輝かせた彼女の姿が思い出されて、でへっと頬が緩む。

けれども、半月前に彼女を店に招いたとき、自分はちゃんともてなせたのか？　悪あがきのように何度思い返しても、自信はまるでなかった。

料理の出来はともかく、自分の物思いにとらわれて彼女をないがしろにしてしまった。その情けない記憶が健司の勇気を鈍らせる。

たぶん今どき、高校生でもこんなにもたもたしちゃいないよな。この歳にもなって何やってんだろ……。

三十分ほど鬱々としたあげく、地の底まで落ち込んだ思考をどうにか引っ張り上げ、健司は意を決してスマホを取り上げた。

固唾を呑んで開いたＬＩＮＥは、半月前、来店の御礼を伝えたところで終わっている。

勝手に負い目を感じていたため、あれ以来料理を差し入れたりはしていないのだが、先日《ベル・フルレット》に軽く立ち寄った際、弥生はこれまでどおりに接してくれた。

嫌われてはいない、と信じたい。

最後に目にした彼女の微笑に背中を押され、たどたどしくメッセージを打っていく。

〝今度、高齢者施設へケータリングをすることになりました。こういうのははじめてなので、メニューに迷っています。もしよろしければ、また試食をしてもらえませんか〟

「『よろしければ』は硬いか……？」

よければ、に打ち直して、どっと脱力。たったこれだけだというのに、指先が小刻みに震えている。

できれば勢いに任せて送ってしまいたかったが、丑三つ時にも近いこんな時刻では彼女も迷惑だろう。

送信ボタンだけ明朝押そうと自分に誓って、冷えた布団にもぐり込んだ。

シーツの冷たさにぶるりと身震いするも、高鳴った鼓動はいつまでも治まらないままだった。


次の月曜。『CLOSE』と札のかかった店に朝から籠もっていた健司は、夕方までにオードブルの試作品を完成させた。

記録としてひととおり写真に収めてから、階段上に向かって呼びかける。

「佳恵さーん！　今いいですかぁー」

すると間延びした返事に続いて、真っ赤な褞袍《どてら》を着込んだ佳恵が下りてきた。

「うわ、もしかして朝からその格好ですか」

「しょうがないじゃん。古民家ってすっごく底冷えするんだもの」

二階にも断熱材入れときゃよかった……と身体をすくめてから、佳恵は「で、何？」と厨房を覗き込む。

「ああ、そうでした。オードブルの試作ができたので、味見してもらおうかと」

「よし来た‼」

彼女はすさまじい気迫で手を打ち鳴らし、瞬く間に調理台の前へ到達していた。大皿の上、ずらりと並んだオードブルは健司の目にも壮観だ。

「へぇ、いいじゃない！　なになに、トマトとアボカドのカナッペ、海老と野菜のテリーヌ……」

健司の手元のリストを覗き、料理と見比べていく佳恵に合わせて、「そのへんは前菜のつもりです」などと説明を加えていく。今はひとつの皿に盛り合わせてあるが、炙りサーモンや鶏もも肉のソテーといったメイン系の料理は一品ずつ、ビュッフェ風に大皿に盛る予定である。

「今日のところはこの八品ですけど、これにいつものキッシュとサラダも入れようかと思ってます。あとはスープとデザートですね」

すでに目を爛々《らんらん》とさせている佳恵に「どうぞ」とフォークを手渡せば、彼女は待ってましたとばかりに料理に飛びついた。

「ん、全部オッケー！」

「本当に考えながら食べてます？」

「失礼ね。健司くんが作るんだから、味は間違いないでしょう。食べにくいものもなさそうだし、あとは採算面か」

尋ねられるままに原価を答えると、彼女は電卓を叩き、それも問題ないと判断したらしい。満足げなその様子に意を強くし、「予算に余裕があるなら……」と最新版厨房機器カタログを棚の裏から引っ張り出す。

だがしかし、

「あっ！　またそんなもの隠し持って！」

と、そちらはプレゼンする間もなく没収されてしまった。

ああ、麗しのコンパクトベーカリーシステム……。省スペース・ローコストを謳うこの専用オーブンがあったら、自家製バゲットも思う存分焼けるのに……。

「あのねぇ、うちはビストロであってベーカリーじゃないの」

「……おっしゃるとおりです」

「そんなことより、気になるのはこっちよ」

佳恵は親指を唇に当てると、食べかけの料理を見下ろし、キリッとこちらを向いた。

「オードブルはどれも美味しかった。だけど強いて言うなら——目玉がない？」

「目玉、ですか」

「そう。クリスマスランチの目玉になる、どーんと派手なやつよ。もっとクリスマスっぽく、気分を上げてくれる何かがほしいわね」

鼻先にぴっと人差し指を向けられ、健司は口ごもる。

実を言うと、その点は健司も薄々気になっていたのだが、料理の端々にクリスマス飾りをちりばめ、デザートにブッシュドノエルを出せば格好がつくだろうと結論づけていた。

それでも足りないというなら、どうすればいいのか。

七面鳥でも焼く？

しかし多くの日本人には馴染みがないうえ、あれはアメリカ発祥の風習だ。それに厳密には、伝統的なクリスマス料理とも言えない。

そうなの？ と首をかしげた佳恵に、健司は「ええ」と首肯する。

「十七世紀のことです。ヨーロッパからアメリカに移住した人々が飢えで苦しんでいたところ、先住民のネイティブアメリカンが七面鳥などを与えて助けてくれたんだそうです。その恩から七面鳥は感謝祭の象徴となり、祝いの席での定番料理になったとか。ですから本来、七面鳥はクリスマス料理ではないんですね！ ここで焼けないこともありませんが、鶏肉より身がぱさついてますし——」

「あー、ストップストップ。蘊蓄やめ！ 私が言ったのはそういう意味じゃなくてね。いかにもなクリスマス料理じゃなくてもいいけど、会場の中心に何か、見映えがするものがあったらって思ったのよ」

「はあ。見映えですか……」

佳恵はうなずき、「たとえば、そうねえ」と人差し指を回す。

「その日は店のランチを休むんだから、健司くんだって料理と一緒に会場入りできるでしょう？ そのときついでにカセットコンロでも持ち込めば、きみがその場でパフォーマンスしたりもできちゃうわけよ。ほら、ホテルのビュッフェなんかでもあるでしょ。シェフが目の前でオムレツ焼いてくれたり、寿司を握ってくれたり」

ああ、と健司も納得する。

「それなら出来たてですしね。たしかに喜ばれるでしょうが……」

「ね？　ね？　何か目玉の料理があって、それを健司くんが直々に振る舞う！　盛り上がること間違いなしよ」

見てきたような口ぶりだったが、それで盛り上がらなかったらどうするのか。遠巻きにされてぽつんと佇む自分の姿なんて、想像するだに恐ろしい。

「ちなみに、施設の厨房を借りるのは無理なんですか？」

業務用コンロをひとくち借りられるだけでも、メニューの選択肢は広がるだろう。そう思ったのだが、佳恵は残念そうに首を振った。

「イベント参加は任意だからね。希望者以外は施設のランチを取るから、厨房も普段どおりに動くみたい。お皿とカトラリーは貸してもらえるように頼んだけど」

「そうですか……」

僕は目立ちたくないんだけどな、というぼやきは胸に留めておいたが、さて、目玉料理をどうするか。佳恵から予期せず出された課題は、なかなかに手強そうだった。

佳恵は結局、皿に載っていた試作品をもれなく腹に収めて二階に引き上げていった。

そのころには外は暗くなっていたが、健司にとってはむしろここからが本番だ。

ポケットからスマホを取り出し、ＬＩＮＥを開く。

〝嬉しいです。私でよければ、ぜひ〟

弥生からのメッセージを目に焼きつけ、「よし」と作業を開始する。

先週、意を決して頼んだ試食は、今回も快く引き受けてもらえることになった。メッセージを送ったあと、返事が届くまでの小一時間は吐きそうなほど緊張していたけれど、その返信を目にしたとたん、一気に緊張が解けてやっぱり吐きそうになった。

幸いにして彼女は、今日のシフトは遅番らしい。

健司は取り分けておいたオードブルを重箱に詰めると、手早く厨房を片づけ、《ベル・フルレット》に向かって自転車を走らせた。冷たい風が頬を切るのも気にせず、公園沿いのカーブを駆け抜ける。

時刻は午後八時過ぎ。

民家の植え込み越しに覗くと、ちょうど閉店したばかりの《ベル・フルレット》にはまだ明かりが点っていて、弥生が店内を行き来しているのが見えた。軒先に出した鉢植えを店内にしまっているようだ。

「お疲れさまです」

自転車を停め、紙袋片手に顔を出す。視線が交わったとたん、弥生は表情をほころばせた。

「西田さんもお疲れさまです。でもすみません、閉店作業がまだ終わってなくて」

「構いませんよ」

手伝います、と鉢植えを持ち上げ、店内の壁際──小さな額が飾られた真下に弥生の指示どおり並べていく。

店長が不在の日は彼女ひとりで一時間ほどかかるらしいのだが、今日はふたりで手分けした甲斐あり、三十分ほどで閉店作業を終えることができた。

「それで、これがオードブルの試作品なんですが……。場所はどうしましょうか」

さすがに十二月、しかも日が暮れたあとでは、秋口のように店先で広げるのも難しい。しかし部外者である自分が、閉店後の店内に長時間居座ってもいいものか。

紙袋から重箱を取り出しながら逡巡していると、

「大丈夫だと思います」

と、弥生は奥からパイプ椅子を二脚持ってきてくれた。

「仕事は仕事として、店では甘えないようにしてますけど……。実はここの店長、私の叔母なんです」

「えっ」

健司も何度か顔を見ているが、そんなそぶりは微塵もなかったように思う。

「それに改装こそしてますけど、このお店、小さいころからよく遊びに来てたんですよね。すぐ裏が叔母の家だし、つい自宅気分でくつろいじゃって……。自主練前にお菓子をつまんだりもしてますから、それが友達と一緒になったところで、叔母はそこまで気にしないと思います」

「ならいいんですけど……」

とは言いつつ、〝友達〟かぁ。

進展していない自覚はあったが、はっきり言葉にされればやはり心が痛む。弥生さんにとって、今の自分はなんなのだろう。夜にふたりきりになるくらいには信用されているのだろうが、男と見做されていないようでそれも複雑だ。

溜め息を呑み込み、作業台に重箱を並べていく。健司が蓋を開けると、弥生は中のオードブルをまじまじと見下ろした。

「綺麗……。こんなに豪華なお重、なんだかお花見にでも来たみたい」

「いいですね。正真正銘のお花見ですよ」

目を瞬かせる弥生の背後、ショーケースの中に控えた花々を指差すと、彼女も「ですね」と笑ってくれる。

たとえ友達ポジションでも、こうして笑顔を見られるなら――

いや、断じて良くない！　こんな弱腰だから、いつまで経っても進展がないんじゃないか！

ひそかに猛省しながら料理を勧めると、彼女は一瞬迷ってから、蕪《かぶ》のムースを最初に手に取った。

小さな筒状のグラスに入った、乳白色のムース。その表面に差し入れられたスプーンが、弥生の口へと運ばれる。

「――んっ」

思わずといった調子で漏らした彼女は、健司とムースを見比べた。

「この風味って……、もしかして柚子ですか？」

はい、と健司はうなずく。スプーンの形に凹んだムースの上、薄く張ったコンソメジュレには少しだけ柚子胡椒を混ぜてある。

「今回はご高齢の方々向けなので、和風のアレンジも加えてみたんです。それならフレンチに慣れていない方も食べやすいかと思って」

どうですか、とおそるおそる尋ねると、弥生は「美味しいです」と目を細くした。

「蕪がふわっと甘くて、それと柚子の爽やかさが引き立て合ってる気がします。フレンチなのに、まるで懐石みたい。和食と洋食って、こんなふうに馴染ませたりもできるんですね」

「素材の持ち味を生かすという点では、フレンチも和食も似てますからね。ここ十年くらいで、本場の高級フレンチにも取り入れられるようになったそうですよ。柚子の他にも、ワサビとか抹茶とか」

「あ、そう言われれば、前にデパ地下で見かけたことあります！　フランスのショコラティエが作った、柚子入りのチョコレート！」

嬉しそうにムースを完食すると、弥生は次の料理に手を伸ばした。

今回重箱に詰めてきた料理はどれも口に合ったらしく、彼女は終始ご機嫌で、今にも歌い出しそうなほどだった。いつ先日のような気まずい雰囲気になってしまうか、正直ハラハラしていたのだが、彼女は優しく水に流してくれたらしい。

「――で、あの、どうでしょう」

健司は胸をなで下ろしながら、空になった重箱を横目にそろりと問いかける。味に問題はなかったようだが、高齢者向けかどうかというのも気になるところである。

お祖母ちゃん子だったという弥生は、しばらく考え込んでから、

「ひとつ挙げるとすれば……大きさでしょうか」

と顔を傾けた。「固くはなくても、具材が大きいと噛み切りにくいと思うんです。とくにお肉ですね。祖母が亡くなる前も、母が祖母のぶんだけひとくちサイズにしていた気がします」

「なるほど……。となると鶏ももも肉のソテーなんかも、もっと小さくしたほうが良さそうですね」

「はい。私たちが思う〝小さめ〟でも、まだ大きいくらいだと思いますよ。不揃いなのも食べづらいので、なるべくサイズも揃えて」

弥生のアドバイスをスマホに書き留めながら、健司も思いつく。

普段ナイフやフォークを見慣れているせいで失念していたが、入居者の年齢では、シルバー使いが不得手な人のほうが多数派だろう。箸は施設のものを貸してもらえるとしても、具材はナイフも要らないサイズのほうが好まれそうだ。

店で出すのとは、思った以上に勝手が違うんだな。

重箱を見下ろしながら考えていると、あ、と脳裏をよぎるものがあった。

「どうされました?」

心配の色を浮かべた弥生に、いえ、と苦笑いする。

「実はさっき、うちのオーナーから宿題を出されちゃいまして。このオードブル以外に、何か目玉になるものがほしいって」

「……というと、メニューの中心になるような?」

「はい。できればパフォーマンスっぽく、僕がその場で振る舞えるものですね。カセットコンロ程度じゃたいしたことはできないでしょうけど」

あれから考え続けているものの、それこそオムレツくらいしか思い浮かばなかった。クリスマスらしさを重視するなら、ローストビーフを目の前で切り分けて——とも考えたが、見た目がいまひとつ地味な気がする。佳恵が求めるほどの派手さはないだろう。

「目玉ですよねぇ。それもできれば、入居者の方に元気を出してもらえるような……」

弥生とともに頭を悩ませながら、壁のカレンダーを一瞥する。

クリスマスイベントまで、あと二週間と少し。食材の手配なども考えると、遅くとも今週中には案を固めたい。しかしどちらへ進めばいいのか、どうすれば名案が浮かんでくれるのか……。

残り時間を思うと、健司の焦りは深まる一方だった。

＊＊＊

どこか遠くで、耳馴染みのある電子音が響いている。

重く横たわっていた意識が浮かび上がるにつれ、佳恵はそれがスマホのアラーム音だとおぼろげに理解した。

「んー……」

枕に顔を押しつけたまま、手探りでアラームを解除する。引きずり込まれるように夢の世界に戻ったものの、それも束の間、ふたたび容赦なく鳴り響いたアラーム。あっという間にスヌーズ時間が過ぎたらしい。

それからゆうに十分以上かけて身を起こし、のっそりと布団を出る。しかしベッドの脇に足をつき、立ち上がろうとしたそのとたん、全身にとてつもない重力を感じた。

嘘でしょ、と力なくつぶやく。昨夜は一滴も呑まなかったはずなのに。

佳恵は昨夜、終業後に自宅に引き上げたあと、ベッドの上でアルバイトのシフトを組んでいた。床に目を落とせば、その証拠であるシフト表が乱雑に散らばっていて、ああそうだ、と目元を覆った。

年末年始のシフト調整に手こずったこと。どうにか作業を終えたあとも、漫然と帳簿を眺めていたこと。

面白くもない記憶に加えて、自虐的な気分までよみがえる。――見つめるだけで売上が増えるんだったら、なんの苦労もないっつうの。

「あーーーー」

と大声を出した佳恵は、睡魔を振り切るべくふらふら洗面所へと歩いていった。氷のような水で顔を洗うと、ようやく頭のスイッチが入った気がする。

掛け時計を見やれば、午前七時過ぎ。

店に合わせた夜型生活のため、普段はもう一時間くらいは惰眠をむさぼっているが、今日はそうもいかない。朝イチで施設に出向いて打ち合わせ、それが終われば至急店に戻ってランチに加勢する。開店には間に合わなくとも、店長が長時間不在ではホール係が不安だろう。

――今日も忙しない一日になりそうね。

ひとつ重たい息をこぼして、カーテンを開け放つ。

薄く結露した窓の向こうでも、寒々しい雲が垂れ込め、朝日を見せまいとばかりに覆い隠してしまっていた。

二時間後。プランナーらしくスーツを着込んだ佳恵は、一週間ぶりに《ケアグランデ東麻布》の自動ドアをくぐり抜けた。

フロントで用件を告げ、奥の会議スペースに通されてしばらくすると、

「お待たせしました」

と管理部の白石《しらいし》が入ってくる。

先週、初回の打ち合わせを担当してくれたのも彼女だ。カーディガンを羽織り、コンシェルジュよりは親しみやすい雰囲気だが、物腰はホテルスタッフのように洗練されている。

さっそく本題に入り、修正版の見積もりとオードブル案を提出する。

白石は一礼して受け取ると、試作品の写真と見比べながらペン先でひとつずつ確認していった。

味つけや具材の大きさなど、施設向けに調整した点も伝えれば、「問題なさそうですね」と白石の表情もほころぶ。カセットコンロの持ち込みについても、許可が下りるよう施設内で調整してくれるという。

「あとは当日の配置ですが、そちらは会場を見ながらお話ししましょうか」

ダイニングルームに向かう道々、先日そこで岡部とランチしたのだと話してみる。すると白石も彼とは面識があったらしく、

「まあ素敵」

と目を瞬いた。

「私どもも入居者様が飽きられないよう工夫を凝らしていますけれど、それでも毎日同

じ場所、同じ方々とお食事では、どうしても刺激に乏しくなりますからね。そうやってお訪ねいただけると、私どもとしても非常にありがたいです。岡部さんもお喜びになったのでは？」

「だといいんですが」

佳恵も苦笑する。

その流れで最近の岡部の様子を尋ねてみたものの、白石はやや口ごもったのち、「まだ以前のようには……」と顔を曇らせた。

「私も一般スタッフほど頻繁にお目にかかっているわけではありませんが、それでもまだ、どこかお元気がなさそうで。……あ、でも、長谷川さんから企画をいただいたとお話ししたら、嬉しそうになさってましたよ」

「そうですか。それはよかった」

白石に微笑みかけつつ、罪悪感がちくりと胸を刺す。

せっかくここまで来ているのだから、ついでに岡部を訪ねられたら良いのだが、残念ながらこのあとは店にとんぼ返りだ。

どこかで行き合えばいいのに。しかし朝食どきを過ぎたダイニングはがらんとしていて、岡部はおろか他の入居者の姿もない。

白石からテーブルの配置の説明を受けながら、佳恵はますます意を強くした。

——クリスマスランチ、絶対成功させなきゃね。

今は静まり返っているこのダイニングが、入居者の笑顔であふれるように。岡部が悲しみから抜け出す、そのきっかけになるように。

窓際では背丈近くもある立派なクリスマスツリーが、金銀の光をまとって静かに佇んでいた。

白石の携帯電話が震えたのは、最後に当日の流れを確認していたときだった。すみません、と断って出た電話は急ぎの用件だったらしく、彼女とはダイニングルームの前で別れることになった。

足早に去っていく背中を見送り、佳恵はふうと息をつく。

無意識に気を張っていたのか、打ち合わせ中は意識しなかったが、ひとりになったとたんに酷い疲れを感じた。鎖骨の下あたりの胸苦しさなど、そこに鉛玉でも埋まっているかのようだ。

そういや私、起き抜けも調子が悪かったんだっけ。

思い出してしまえば足を動かすのも億劫になり、手近な応接椅子にのろのろと腰かける。

それでもぼんやりしているわけにはいかず、もらったばかりの書類を手慰みにめくっていると、胸の悪心《おしん》はわずかずつながら治まり始めた。

日玉料理の件に加えて、必要備品のレンタル、当日の計画作成。山積みの課題を前に、へばっている場合じゃないと身体もわかっているらしい。

「……大丈夫」

広げた書類を見るともなしに眺めて、小さく独りごちる。

これしきのこと、今までにも何度となくあったじゃないか。会社員時代は体力自慢だったし、寝食を惜しんで会社に泊まり込む日もままあった。

――〝できない〟じゃない。〝どうすればできるようになるか〟を考えろ。

それが当時の上司の口癖で、佳恵ら課員は実際、無茶とも思えるスケジュールを気力で乗り越え続けた。そうするのが当然で、やり甲斐はたしかにあったから。

「……でもなぁ」

自分はともかく、そんな働き方を店のメンバーにも求めようものなら、パワハラ扱いされるのは想像に難くない。無理なものは無理、限界を超えてまで頑張らない。それが今どきの若手の感覚だろう。

うらやましい。

素直にそう思うが、他方、自分には難しい気もする。

時代にそぐわなくなっているのは承知しているけれど、仕事はつねに全力――そんな思いでずっとやってきたのだ。どこでどう力を抜けばいいのか、ブレーキの在処《ありか》もよくわからない。

佳恵はふたたび嘆息すると、書類を揃えて立ち上がった。

休憩したおかげでだいぶ楽になった気がする。これなら店の仕事も乗り切れそうだ。と、バッグを肩にかけて歩き出したその刹那、ふいに視界をよぎった何かと派手にぶつかった。

「――わっ」

かろうじて踏み留まったが、どさどさっと何かが落ちる音。

衝突したのは、エレベーターから降りてきた男性だったようだ。スーツの腕には、蓋の開いた大きな段ボールが抱えられている。

「すみません！」

「いや、こちらこそ。前がよく見えていなかったもので」

五十代くらいだろうか。済まなそうに荷物を拾い始めた男性に、佳恵も慌てて倣った。きちんとネクタイを締めた姿は管理部の職員のようにも見えたが、いくつか拾った生活用品は大半が女物だった。母親か誰か、身内の荷物を運んでいたのだろう。

ひとり合点しながら荷物を渡した拍子に、段ボールの中身がちらっと見える。

「……あ」

しかしハッと我に返ったころには、男性は礼の言葉だけ残してエントランスを抜けていて、佳恵は大急ぎでフロントに駆け寄った。

コンシェルジュから得られた答えは――はたして、佳恵の予想どおりのものだった。

＊＊＊

真っ白な空から初雪がちらちらと舞うその週末、《メゾン・デュ・シトロン》はテーブルが空く暇がないほどの賑わいようだった。

一時はイタリアンに客を奪われてしまったが、十二月はさすがフレンチの面目躍如といったところか。街のイルミネーションに誘われ、早々にクリスマス気分になる人も多いうえ、さらに忘年会需要も加わる。十二月に入ったとたんに予約が増えた、と佳恵もご満悦だ。

健司ももちろん、喜ばしいことだと思う。

夏に味わった空席の多さはほとんどトラウマもので、客が来てくれるのは当たり前ではないのだと骨の髄まで思い知らされた。

だからこそ、次々飛び込んでくる注文がありがたいのだが──ふとした瞬間、たとえば出来上がった皿をホール係に託し終えたときなどに、思い出したように溜め息がこぼれた。

今も手洗いから戻ってくるなり、はぁ、と肩を落とす。

「健司くーん。これでもう今日三度目よ」

「あっ、はい。すみません！」

慌てて姿勢を正すと、佳恵に泣きつかれたとかで、十二月だけ週末もヘルプに入ってくれている由布子が気遣わしげにこちらを見ていた。

「謝ることじゃないけど……。まだ決まらないの？」

声に出して認めるのは癪《しゃく》な気がして、うなだれた頭を縦に振る。

施設のクリスマスランチ当日まで、残すところあと十日。だというのに、懸念の目玉料理については依然有力な案すら出ていなかった。

佳恵からは「決まった？」「そろそろ日程やばいわよ」と毎日のように急かされ、気分はまさに追い詰められたネズミだ。壁際で頭を抱えて唸るが、焦れば焦るほど何も浮かばない。

「……そっか。そういうのって難しいわよねぇ。決まるときにはビビッと来て、これしかない！　って思うんでしょうけど」

「はい。その〝ビビッ〟が、なかなか来てくれなくて……。浮かぶ案浮かぶ案、どれもしっくり来ないんですよね。これが満点の回答じゃないことだけはわかるっていうか」

皿洗いの手を止めた由布子に、健司は弱々しく微笑み返す。

そこでまたオーダーが来たため、話はそれきりになってしまったが、彼女は「とにかく焦らないこと」と励ましてくれた。

「焦りがあったら、貴重なひらめきも遠のいちゃうもの。健司くんなら大丈夫よ。私も何か思いついたらお知らせするわね」

ありがとうございます、とフライパンに向き直る。

たくさんの人に心配をかけてしまっている自分が情けない。とっさに呑み込んだ溜め息は、不快な苦みとなっていつまでも喉に残っていた。

その日、ランチの最後の客が帰っていったのは午後三時近くなってからだった。ドアベルの余韻が消えるのを待ち、出来たての賄いとともにホールに出ていくと、佳恵がげっそりした顔でレジ台に寄りかかっていた。

「つーかーれーたー。嬉しい悲鳴とはいっても、ちょっと集中しすぎじゃない？」

「まあまあ。疲れたんだったらなおさら、早く食べましょ。もうお腹ぺっこぺこ」

由布子にうながされて各自席に着き、半熟卵の載ったカルボナーラを粛々と食べ始める。健司も食欲はあまりなかったが、午後を乗り切るためにも、ソースも残さず完食した。

お冷やを喉に流し込み、椅子に背を預けてしばらくぼんやりする。と、何気なく首を巡らせたとき、窓辺にふと目が留まった。

「――佳恵さん」

「ふぁに？」

「あれって前からありましたっけ」

訊きながら指差したのは、出窓部分に飾られた三冊の洋書だ。佳恵は頬張っていたカルボナーラを呑み込み、「ああそれ」と目を瞬く。

「こないだ本屋で見かけて衝動買いしたんだけど、それきり忘れちゃっててね。オシャレなデザインだし、インテリアとして置いてあっても良い感じでしょ？　だから葵さんに訊いたら、それなら飾ってもいいって」

「へぇ」

「このくらいのセンスはあるんだからね、私だって！」

ここぞとばかりに胸を張る彼女は、オープン当初、客から内装をけなされたのをいまだに根に持っているらしい。

苦笑いで窓辺に近づき、「見てもいいですか」と手を伸ばす。

「どうぞお好きに。あいにくレシピ本じゃないけどね」

そう返ってきたとおり、ずしりと持ち重りのするそれは、三冊ともフランスの写真集だった。名所や有名な建築物ばかり載っているものもあれば、名もなき街角に特化したものもある。

どちらかといえば、健司が心惹かれたのは後者のほうで、素朴なモノクロ写真には現地で暮らす人々の体温が感じられた。

ほっこりした心地で、一ページずつじっくり眺めていく。

すると写真集の中ほど、ぱっと現れたどこかの港町の風景に、健司はなぜか既視感のようなものを感じた。

はじめて見る本のはずだが……著名な作品なのか？

そう思って本をひっくり返してみたものの、タイトルにも写真家の名前にも覚えはない。美術館や画廊に通う趣味もないから、どこかの写真展で見かけたということもないだろう。

「だったらどこで……」

小声でつぶやき、腕の中に開けた港町をじっと見る。

入り江に所狭しと並んだ小型の漁船。その奥に堂々とかかった石造りのアーチ橋。特徴的なその眺めはフランスのどこかなのだろうが、不親切なことに、注釈の類は何もなかった。

巻末の索引ページにも、あるのは『Port du matin』の記載だけ。

「『Port du matin』……ええと、フランス語で朝の港、か……？」

――って、作品名かよ！

声もなく叫んでがっくりうなだれる。

そうするうち、「どうかした？」と佳恵たちまで寄ってきて、健司はやむなく理由を話した。けれども当然ながら、佳恵も由布子も訝しげな表情だ。

「既視感ねぇ……。って言ってもきみ、フランス行ったことないんでしょ？」

「はあ。いつかは、とは思ってますが」

「それじゃあ、どこかで見た景色と混同してるとか？　健司くん、ここ最近働きづめだもの。既視感って、疲れやストレスとも関係があるんだそうよ。少し休んだほうがいいのかも」

由布子にも本気で心配されてしまって、いっそう肩身が狭くなる。

「いやあ……まあその、たぶん気のせいでしょうね」

健司はぎこちなく笑って誤魔化し、そのまま厨房に逃げ込んだ。しかし口ではそう言っても、あの港町の写真が瞼にこびりついてしまっている。

いったいどこで目にした？　ここのところ目玉料理のことばかり考え、何も思いつかない自分に辟易《へきえき》していたせいか、せめてこれぐらいは、と執着してしまう。

健司は考え続けた。

仕込みをしながら考え続け、ディナー営業が始まっても考え続け、鍋を掻き混ぜながら、デザートを作りながら考え続け……。

そしてラストオーダーの時刻が目前に迫ったとき、唐突に答えが降ってきた。

「そうだ――」

包丁を握ったまま、弾かれたようにカウンター上を見やる。

そこでは葵にやけくそでリボンを巻かれたサボテンが、今日も天を目指してまっすぐ突っ立っていた。

一時間後。

佳恵も驚くほどの速さで片づけを終えた健司は、ダウンジャケットの前も閉めず、一心不乱に自転車を漕いでいた。

荒い呼吸が、耳の奥で響く。白い息が生まれたそばから後ろへ流れていく。そうして店を出て十分もしないうちに、健司は《ベル・フルレット》の店先で小さくブレーキをかけた。

弥生がいるかどうか、せめて訊いてから来るべきだったのでは。今になってそう気づいたが、もはや後の祭りだ。

追い立てられるような心地で暗い店を覗くと、格子状のシャッターの奥、先日オードブルを囲んだ作業台に彼女の姿が見えた。今日もブーケの自主練をしているらしい。邪魔してしまうな、と逡巡しつつもガラス戸をノックすると、彼女はすぐに気づいて駆け寄ってきてくれた。

「……西田さん！」

「お疲れさまです。また来ちゃってすみません」

「いえ、それはいいんですが……。どうされたんです？　あっ、また何か試作品を？」

「違うんです」

今日は別件で、とかぶりを振り、彼女から奥の壁へと目を移す。

おぼろげな記憶どおり、作業台の手前――壁沿いに並んだ鉢植えの上には、小さな額が数枚飾ってあった。等間隔に並んだそれらのうち、右からふたつ目に視線が吸い寄せられる。

「やっぱり……」

弥生が「え?」とつられるように見上げた先には、モノクロのスナップ写真。2L判程度に引き延ばされたそれは、港町の風景を収めた一枚だ。

「すみません。本当にたいしたことじゃないんですが、うちのオーナーが買ってきたフランスの写真集にこれとよく似たものがあって。たくさん停まった小型船に、石のアーチ橋……。どこかで見た気がしてもやもやしてたんですけど、やっと解決しました」

健司は苦笑する。

「この写真、フランスのものだったんですね。ええと、他のもですか?」

今さらこみ上げてきた羞恥を誤魔化すように尋ねると、弥生は目を細めてうなずいた。

「懐かしいな」

「? それはどういう……」

「これ全部、私が撮ったものなんです。ここにあるのは、六年――いえ、七年前の旅行で撮ったものですね」

意外な言葉に驚きながら、弥生さん、フランスに行ったことがあるのかと一瞬ギクリとする。

留学がすべてではないにせよ、フレンチの料理人として、本場を知らないまま厨房に立っているのはある種のコンプレックスだ。本場の味を知る彼女から見て、自分の料理はどうだったのだろう。

そんな怖じ気が顔に出てしまっていたらしく、「あ、でも」と彼女は慌てて手を振った。

「当時はまだ学生でしたし、豪華な旅では全然なかったですよ。外食する余裕なんてなくて、ユースホステルや地元のスーパーで節約して……。パリはとくに物価が高かったから、すぐに地方に出ちゃったんです。南フランスをぐるっと回ったので、写真はそのときに」

弥生はそう言うと、ふたたび壁の写真を見上げて順に指差していった。

「これはリヨンで、こっちはボルドー。真ん中のはオランジュですね。で、西田さんが覚えていらしたその隣はマルセイユ」

「そうか。マルセイユ……」

おぼろげに思い浮かべたフランスの地図の南東部――プロヴァンス地方の中心であり、地中海に面した港町。それがマルセイユだったはずだ。

いいところだったかと尋ねると、弥生は軽く目を瞬いたのち、「はい」と笑顔を見せた。

「この写真を撮ったのは旧港というところなんですけど、栄えてるのに素朴さも残っていて、そのバランスが素敵でした。朝になると、漁師さんが獲れたての魚介を港にずらっと並べるんですよ。それを地元の人たちが覗いて、今日の晩ご飯はどれにしようか、とか」

「へえ、いいなぁ。僕だったら楽しすぎて、売り切れるまでずっと居座っちゃいそうだ。日本では見ない魚も多そうですよね」

思わずこぼれた本音に、弥生もふふっと笑う。

「ああ……そうそう。それもあって私、マルセイユは居心地が良かったんだと思います。なんだか日本に似ているんですよね」

「似ている?」

「ええ。潮の香りがして、魚介も美味しくて。内陸の街みたいに、魚料理が恋しくならないんですよ。たとえば蛸《たこ》なんかも、欧米では『悪魔の魚』だなんて言われて敬遠されてるそうですけど、あちらじゃマリネやカルパッチョにしてもりもり食べてましたから」

海沿いのテラス席で、ワイン片手に舌鼓。そんな光景を脳裏に描きながら、健司はあれっと思う。

マルセイユ?

そうだ。マルセイユの名物料理といったら――……。

周囲の音がすうっと遠のき、心臓がうるさいくらいに暴れ出す。

「……弥生さん」

「はい？」

「ありがとうございます。例の目玉料理、弥生さんのおかげでようやく決まりそうです」

え、どうして急に、と戸惑う弥生の両手をぎゅっと握り込み、健司は慌ただしく暇を告げた。

《ベル・フルレット》を飛び出し、自転車で公園沿いを駆け抜ける。

ふさわしいレシピを目まぐるしく考えながら、健司は天に向かって拳を突き上げ、幾度も快哉を叫んでいた。


そうして迎えた翌定休日。

朝から張り切って豊洲に向かった健司は、クーラーボックスを抱えて《メゾン・デュ・シトロン》の門をくぐり抜けた。

吟味に吟味を重ねた本日の購入品は、カサゴに真鱈、有頭エビにムール貝。活きの良いのがあったと満足しながらコックコートに着替えて、大きめの鍋を用意する。

はじめに玉ねぎやポロねぎ、エシャロットなどの香味野菜を刻んで鍋で炒めると、そこへにんにくとトマトを追加。さらに白ワインとパスティス（香草系のリキュール）、昨日のうちに用意しておいたスープ・ド・ポワソンを注ぎ入れる。

スープ・ド・ポワソンは言わば白身魚のだし汁で、これだけでもレストランのメニューになり得る濃厚なスープである。煮出すだけでも一時間以上かかるし、水で代用しても充分美味しくなるのだが、そういった細部こそシェフの腕の見せどころだと思う。

スープ・ド・ポワソンが加わった鍋に、たっぷりのサフランと塩コショウ。それを沸騰させればベースの完成だ。

あとは下ごしらえを済ませた魚介を順に煮ていけばいいのだが――

「健司くん？　飯テロみたいな匂いさせてるわね」

魚介入りのバットを取ろうとしたとき、階段に続く勝手口から、今日も赤い縕袍を着込んだ佳恵が現れた。

彼女は鼻をひくつかせて厨房に入るや、バットと鍋の中身を見比べ、むむうと額に指を当てる。

「魚がたくさん……。それにこの特徴的なオレンジ色は……」

「……」

「――わかった！　ブイヤベースね！」

さすがは自他ともに認める食道楽。一発で正解を導き出した佳恵に、健司も思わず拍手する。

「あの、どうでしょうか。例の目玉料理にしようと思うんですが」

もしこれでNGを食らってしまえば、本当にあとがない。さっきまで名案だと思って

いたのに、鍋を覗き込んでいる真っ赤な背中にふたたび怖じ気づいていると、

「ん。良いアイディアじゃない？」

佳恵はニッと笑って振り向いた。

「見た目もパーティー料理らしくて華やかだし、これならわざわざカセットコンロを使わなくても、スープジャーか何かで対応できそうね。この時期にあったかい汁物っていうのもポイント高いと思うわ」

考えたわね、と肩を小突かれ、張り詰めていたものが一気に緩んでいく。

よかった。間に合って本当によかった……。目頭がじいんと痛んで、今にも膝から力が抜けそうだ。

「あとは肝心の味だけど――」

「そこは任せてください」

あら、と目を丸くした佳恵に、健司は「いいですか！」と粛然と詰め寄った。

「ご存知かもしれませんが、元々ブイヤベースというのは漁師が売れ残りの魚を自家消費するため、ごった煮にしたのが始まりだと言われているんです。要は豪快な漁師メシですね！　それが十七世紀に入ってトマトが足されるようになり、さらにマルセイユが観光地化すると、郷土料理としてレストランで提供されるようになります。それが二百年くらい前」

「ふうん。意外と古い料理なのね」

佳恵の独白めいた言葉に、ですね、と健司は顎を引く。

「かつて、フランス革命で失業した宮廷料理人が宮廷料理《オートキュイジーヌ》を庶民に広めたわけですが、ブイヤベースの場合はその逆。塩で煮ただけの素朴な漁師メシが、レストランのシェフの手によって洗練されていったんです。今ではマルセイユ市によって『ブイヤベース憲章』なんてのも定められていて、〝地中海産の岩礁に住む魚を四種類以上使う〟とか〝魚はこの種類の中から選ぶ〟とか、厳格なルールがあるんですよ。まあ、現地の店ほどこだわる必要もないですし、新鮮な白身魚ならなんでもいいと思いますけど」

健司は鍋に再度向き合い、ふつふつと沸いた鍋に魚介を入れていく。

「あ、でも、岩礁に住む魚っていうのは、指定されてるだけのことはありますね。カサゴやメバルなんかがその代表格ですが、ゼラチン質が豊富で、すごく良いだしが出るんです。あとはエビとか蟹とか、甲殻類。香りも旨味も強いし、貝も入れると味にいっそう深みが出ます」

「で、その貝は入れないの？」

一種類だけバットに残ったムール貝を指差され、

「ああ、これは後入れです」

とトングで突っついた。貝は長く煮込むと身が縮んで固くなってしまうため、ラスト五分で充分だ。

魚が煮崩れないよう、むやみに掻き回さずに待つことしばし。

ムール貝にも火が通ったのを確かめ、塩コショウで味を整えたら、ついに試作第一号となるブイヤベースの完成だった。

「よっしゃ！　早く食べましょ！」

「待ってください」

腕まくりした佳恵を押しとどめて、煮込んだ魚介を大皿に取り出す。それから濃厚なスープをカップに注ぐと、佳恵に差し出した。

「へ？　何これ」

「まずはスープだけサーブするのが本場の流儀らしいですよ」

彼女は餌を取り上げられた犬のようにしゅんとしていたが、恨めしそうに大皿を見ながら、「わかったわよぅ……」とカップを口元に持っていく。

——と、次の瞬間だった。

スープを口に含むやいなや、彼女の頬にぱっと赤みが差し、瞳がキラキラと輝いた。

「バ、バゲットちょうだい！」

熱々のスープに浸して食べるバゲットは格別に違いないと、彼女もすぐさま思い至ったのだろう。そう来ると思いましたよ、と切って渡すついでに、マヨネーズ様のソースも添える。

「これは？」

「ルイユといって、本場のブイヤベースには欠かせないものです。アレンジはいろいろありますけど、今回は卵黄にオリーブオイル、サフラン……赤唐辛子も入れたから、ちょっとピリ辛かな。現地ではニンニクをガツンと利かせるみたいですが、今回は施設用に控えめにしてあります。それをこう、バゲットに塗ってー」

「ふんふん」

「スープに浮かべて食べてみてください」

佳恵は今にも涎を垂らしそうな顔で皿の中を凝視していたが、バゲットが充分ふやけたと見るや、スープごとスプーンですくってぱくりと食いついた。

「……ん～～～～～～～ッ、何これ最っ高‼」

「それはよかった」

「え、嘘でしょ。今ふうに言ったらコレ、完璧な味変よ⁉ スープだけなら案外さらっとしてるのに、ニンニクやサフランで一気にコクが出てる。……やだ、止まんないんだけど！」

焦った顔でスープを飲み干し、佳恵は「お代わり！」と器を突き出した。

「気に入ってもらえて光栄ですけど、具も食べてください」

苦笑しながら魚介を取り分けようとして、ふと掛け時計を見やる。朝から調理のことしか頭になかったが、いつの間にか昼時になっていたようだ。

ふたりはホールのテーブルに場を移して、大皿越しにあらためて向かい合う。

「じゃあ、僕もいただきます」

「たーんと召し上がれ」

何もしていない佳恵にドヤ顔で返されたものの、健司はツッコミは放棄し、目の前のブイヤベースに集中した。

——うん、美味い。

魚介の旨味が余すところなく出ていて、スープを口に含んだ瞬間、華やかな香りが鼻に抜けていく。貝と同様、魚も長時間煮込まないのがポイントだが、狙いどおりにふっくら仕上がっている。

あとは……そうだな。癖の強いパスティスはもう少し減らして、具の種類は増やしてみよう。いろんな具材を入れたほうが、より複雑で奥深い味わいになるはずだ。

「あ、佳恵さん」

「何？」

「明日の賄いですけど、この残りのスープを使って、リゾットかパスタにしましょうか」

思いつきをそのまま口にすると、佳恵の手から剝きかけのエビがぼとりと落ちる。

「き、きみ、なんてことを」

「え、嫌いでした？」

「まさか。そんなの成功が約束されてるも同然じゃない……！」

言質取ったわよ、作ってくれなきゃ呪うから、とギンギン睨んでくる目つきは本気の本気だ。彼女から食べ物の恨みを買ったら、冗談じゃなく末代まで祟られるんじゃないか？

……ああ、そうだ。今度弥生さんにも、ヒントをもらった御礼を言わなきゃな。

大皿に載った真鱈を切り分けながら、しみじみ達成感に浸っていると、向かいでフォークを置く音がした。

「お代わり要ります？」

健司は何気なく視線を持ち上げる。

だがしかし、こちらを見据える佳恵は、なぜだかひどく真面目な表情だった。

「健司くん。今度のイベントで、ちょっと頼まれてほしいんだけど――」

翌日から週末にかけても、《メゾン・デュ・シトロン》は嵐のような忙しさの只中にあった。

賄いとして好評を博したリゾットとパスタは、その後常連客の要望により店でも出すことになったのだが、慣れない限定メニューを追加してしまったがゆえに、厨房内はさらなる戦場と化した。

見るに見かねた佳恵がデリバリーの受付を停止してくれたものの、息もつけない状況には変わりない。

「それ、一番テーブル……じゃなかった！　五番にお願いします！」

「サラダラス一、すぐ追加して！」

「デュ・テルトルっていうワイン、どこだかわかります⁉」

悲鳴じみた声が飛び交い、ホールに聞こえていないかとヒヤヒヤしてしまう。

厨房内ではもはや、『あと一週間、クリスマスまで乗り切りましょう！』がこの週末の合い言葉のようになっていて、健司も由布子ら補助係と励まし合い、目の前の仕事に没頭した。

今か今かとラストオーダーを待ち侘びながら、健司はフライパンを揺すり続けたのだった。

そんな怒濤の週末ののちに訪れた、次の定休日。真夜中過ぎにベッドに倒れ込んだ健司は、早朝、念入りにかけたアラームに叩き起こされた。

全身が鉛のように重い。

このまま一日布団に籠もって心身を休めたかったが、いよいよ明後日は施設のイベント当日。無為に過ごすわけにもいかず、這いつくばるようにして布団を出る。

そうしてまだ暗いうちからアパートをあとにすると、健司はふたたび豊洲経由で《メゾン・デュ・シトロン》に赴いた。

垂れ込める分厚い雲の下、ひと気のない庭は沁み入るほどに静かだ。電飾を巻きつけたレモンの木も、朝の冷気に耐えるように沈黙を守っている。

このクリスマスの忙しさが終わったら、何か寒さ対策をしてやろう。

健司は木を見上げて立ち止まると、クーラーボックスを抱えたまま、ぶら下がったLED電球を目で追った。

「クリスマスか……」

明後日のイベントを乗り切ったあとも、イブとクリスマス当日までは予約でほぼ満席。それ自体はありがたい限りで、洋食屋冥利に尽きると思うのだが、ただの恋する男としては少々寂しくもあった。

街を歩けば、そこここで輝くクリスマスツリー。多くのカップルが生まれ、恋人同士はますます親密になる特別な日。

恋愛から遠ざかっていたあいだはさほど気にならなかったが、今年はそうもいかない。己の多忙さを少々嘆いたとしたってバチは当たらないだろう。

「……弥生さん、どう過ごすのかな」

家族と水入らずで？　もしくは、友達と集まってパーティーか？

今年はクリスマスが土曜日に当たるから、何かしらの予定は入っているかもしれない。自分以外に男の影は見えない気がするけど……自信はまるでなかった。彼女の交友関係なんて何ひとつ知らないのだ。

悶々としたまま厨房に入り、ブイヤベースの最後の試作に取りかかる。

と、無我の境地で玉ねぎをひと玉刻んだとき、タンッと包丁が鳴ったところで、健司は唐突にひらめいた。

――イブやクリスマス当日は無理でも、その翌日はどうだろう？

日曜日ゆえ、弥生もシフトが入っているかもしれないが、仕事上がりに少し会ってもらうくらいならできるのではないか。ちょっとしたケーキだったら用意できるし、何かプレゼントを添えてもいい。

弥生さんに贈り物、か。

どういうものがいいかと考えを巡らすも、あまり負担に思われるのは避けたい。無難なのは食品や花といった消え物だろうが、食べ物はケーキとかぶるし、花屋相手に花を贈るのもなぁ……。

結局、たいした案は浮かばないまま、健司はブイヤベースを完成させた。数度にわたる試行錯誤を経て出来上がったそれは、紛うことなき自信作だった。

休憩がてら腰を下ろして、スマホのＬＩＮＥを開く。

〝ブイヤベース、満足するものができました。先日ヒントをもらった御礼にお分けしてもいいですか？〟

緊張しながら送信すると、ちょうど昼休憩中だったのか、すぐに返事があった。

了承の文面とともに、『楽しみにしてます』とにっこり笑ったうさぎのスタンプ。そんなセレクトさえも可愛らしい。

今日のシフトは早番ということだったので、ブイヤベースはタッパーに詰め、時間を見計らって店に届けることにした。

残りはまた佳恵と分けようと思っていたのだが、彼女は午前中に出かけたきり帰宅していなかった。やむなく賄い用に保存し、翌日の仕込みも済ませて店を出る。

気づけば外は真っ暗。まだ午後六時前だというのに、消灯してしまえば足元もおぼつかない。

健司はネックウォーマーを口元まで引き上げ、木枯らしに逆らって歩き出した。頭上は相変わらず沈んだ雲一色で、星ひとつ見えないままだった。

《ベル・フルレット》に着いたのは、それから十五分後のことだった。いつものように自転車だったら五分とかからないのだが、今日は豊洲経由で来たため、帰りも電車に揺られる予定だった。

歩いてここまで来るのは、思えば夏の敵情視察以来だ。たった四カ月かそこらのうちに、恋に落ち、相手のもとへ足繁く通うようになるとは。人生何が起こるかわからないな、とひとり苦笑する。

弥生の早番のシフトは午後六時までらしく、そろそろ上がるころかと店を覗いてみると、彼女は奥で店長と何か話していた。エプロンはもう外しているから、勤務は終わっているらしい。

今日も遅番だったら、ふたりでゆっくりできたのに。

ひそかに残念がりつつ、店と隣家のあいだの細い通路で待っていると、間もなく裏口から彼女が現れた。

「すみません！　お待たせしてしまって」

「いえ。今着いたところですよ」

とたんに緩みそうになる顔を引き締め、紙袋の口を開けてみせる。「ええと、これが例のブイヤベースです。先日はありがとうございました」

「そんな。私なんにもしてませんよ」

弥生はしきりに恐縮していたが、もしあの日彼女からマルセイユの話を聞けなかったらどうなっていたことか。

「もしよければ、今日の晩ご飯にでもしてください。二、三日なら日持ちもしますから」

「ありがとうございます。わー、いい匂い」

「……それで、あの」

唾を呑み込んで続けると、嬉しそうに紙袋を覗いていた顔が「はい？」と持ち上がる。

全身が心臓になったかのように緊張しながらも、健司は弥生の目を見つめて言った。

「今度の二十六日、何かご予定ありますか」

「……」

「あ、いや！　べ、べつに一日空けてもらおうとか、そういうのでは全然なくて！　僕、クリスマスはみっちり仕事なので、次の日少しだけでもお会いできたらと……」

ああ、なぜこんな肝心なところで尻すぼみになってしまうのか。

情けなさに切腹したくなったが、クリスマス絡みで約束をしようという時点で気持ちは伝わるだろう。交際はきちんと申し込むとしても、まずはそのためのアポをもらいたい。

健司は待った。

たとえ今回は断られたとしても、軽く笑って流して、元の差し障りない関係に戻る。それだけの覚悟はあった。

ところがなぜか、弥生の表情はみるみる強張っていく。

「……ごめんなさい。私ずっと、西田さんに言わなきゃいけないことがあって……」

わなわなく唇。暗がりの中でも、手に取るようにわかる迷いと躊躇。

弥生はうつむき、気を落ち着けるように胸元に手をあてがうと、潤んだ目でもう一度健司を見た。

「――私、年明けからフランスに留学するんです」

言葉の意味がおぼろげに染み込んできたのは、それからたっぷり数十秒経ってからだった。

「え……」

とつぶやき、無意味に後頭部に手をやると、弥生は辛そうに顔を歪めたまま、足元の低いコンクリート塀に腰かけた。

健司もその隣に座ると同時に、彼女の口から湿った吐息の音がする。

ごめんなさい、と小さく頭を下げた彼女は、知らせが遅くなったことを再度詫びたのち、少しずつ話し始めた。

以前からフラワーアレンジメントの本場で学びたいと思っていたこと。深夜に及ぶブーケ作りは、それを見据えての練習だったこと。

「小さいころから叔母の仕事を見ていたので、私も将来お花屋さんになるって、当然のように思っていたんです。でもいざ店で働くようになったら、理想どおりにアレンジできないのがすごく悔しくて。……知ってます？　ブーケとひとくちに言っても、いろいろあるんですよ。形の違いの他にも、イギリススタイルとか、フレンチスタイルとか。とくに私は、緑をたくさん取り入れるフレンチスタイルが好きで……」

「それでフランスに？」

ぎこちなく尋ねた健司に、弥生は「はい」とうなずく。そのはにかんだ笑顔はやはり眩しかったが、今は受け止め方がわからない。

「お店に飾ってる写真、こないだ見てくださいましたよね。今思えばあの旅行は、花留学するならフランスにって決めたきっかけなんですよ。フランス国内を巡りながら、現地のフラワーショップにもたくさん立ち寄って……。それだけでも楽しかったですけど、一番驚いたのは、生活の中にごく自然にお花が溶け込んでいたことなんです。気軽に買って、バサッと花瓶に挿して飾ってる。それが日々のルーティンになっているくらい、お花が生活必需品なんですよ。その気取らなさがすごくいいなぁって」

弥生は興奮をにじませてから、思い出したように声を落とす。

「フラワーアレンジの基本的な技法だけなら、日本のスクールでも学べると思います。でも、数を見て目を養いたいなら、やっぱり本場には敵わない気がします」

彼女が絞り出すように語ったその考えは、健司にも痛いほどわかった。

フレンチを志すコックがこぞって渡仏しようとするのも、おそらく同じ理由だ。健司は同業者の話を伝え聞くだけだが、苦労も大きい反面、料理人としてひとまわりもふたまわりも成長できるのだろう。

そこから何をどう話したのか、健司はよく覚えていなかった。

たぶん自分は今、フラれつつある。理解できていたのはただそれだけで、ときどき力なく相づちを打つので精いっぱいだった。

「クリスマスイベント、頑張ってくださいね」

最後に別れるとき、そんな励ましを受けた気もする。うまく笑顔で応えられたかは、まったく自信がないのだが。

「……二十六日、駄目だったな」

暗い公園沿いをとぼとぼ歩きながら、健司はぼそっとつぶやいた。

クリスマスムードに頼ったりせずに、もっと早くに動いていたら。そうすれば、何かが違っていたのだろうか。

後悔はしてもし切れないほどだが、それでも結果は同じだった気がする。

花留学という憧れを、憧れのまま終わらせないその強さ。たぶんはじめて会ったあの夜──静かにブーケと向き合う横顔を見た瞬間から、自分は彼女のそんな芯の強さに惹かれていたのだ。

なのに花より自分を優先してくれなんて、どう逆立ちしたって言えない。料理を手放せないのは、自分だって同じなのだから。

健司は重い足を引きずり、住宅街へとふたたび入っていった。

たぶん自分は今、酷い顔をしているだろう。こんな状態で電車に乗る気にはなれず、ひとまず店に戻ることにする。明日の仕込みでも無心にしていれば、少しは気分が落ち着くかもしれない。

足取りを速めて向かえば、ほどなく《メゾン・デュ・シトロン》の門扉が見えてくる。そのまま視線を上げると、塀の向こう、レモンの梢に隠れた二階部分に明かりが点っているのに気づいた。

佳恵さん、入れ違いに帰ってきたのか。

今はあまり顔を合わせたくないけど、冷蔵庫のブイヤベース、夕飯に食べるかな。あの人、ひとりだとろくな食生活してなさそうだもんなぁ……。

勝手口から入った健司は、しばらく迷った末に、階段の下から声を張り上げた。

「佳恵さーん、おかえりなさい！　もしよければ、冷蔵庫にブイヤベースありますけど
ー！」

……？

おかしいな、返事がない。

「もしもーし、佳恵さーん？　帰ってきてるんですよねー？」

風呂にでも入っているのか。そう思って耳を澄ませてみても、シャワーの音も聞こえない。

掛け時計を見やれば、まだ午後七時半。寝るには早いだろうし、本気で寝るなら明かりくらいは消すだろう。

健司はひとしきり悩んだあげく、

「……あとで怒らないでくださいよぉ」

と、階段の一段目にそうっと足をかけた。

二階は佳恵のプライベートエリアであるため、健司は物件の内覧時にしか入ったことがない。小声で言い訳しながら上っていくと、階段と部屋との境にはリフォームで取りつけたらしき木製のドアがあった。

「佳恵さん？　入りますよ」

顔を寄せてノックし、遠慮がちにドアノブを握り込む。

もしや、明かりを消し忘れてコンビニにでも出かけたのだろうか。そう訝しみながらドアを開けると、屋根裏部屋風のそこは、記憶と違わぬ大きなワンルームだった。

装飾の類は少なく、内装もごくシンプル。『安定経営！』と書かれた窓際のホワイトボードが異彩を放っているが、それも佳恵らしいと言えば佳恵らしい。

けれども室内は静かで、

「……やっぱり外出中か」

と早々に立ち去ろうとしたその矢先、健司はソファベッドの陰に、何か布のようなものが落ちているのに気がついた。

首をかしげて近寄り、小さく息を呑む。

――そこにはトレンチコートを羽織ったまま、佳恵が血の気の失せた顔で倒れていた。

5

Dessert
デセール

瞼の向こうにぼんやりした光を感じて、佳恵は無意識に眉根を寄せた。

「……んぅ……？」

呻くような自分の声が聞こえたが、そのしゃがれ具合に耳を疑う。重たい瞼を持ち上げ、二、三度瞬き。いくらか眩しさに慣れたころになってようやく、自室のベッドに寝ているのだと理解した。

「あれ？　私……」

何してたんだっけ。そうつぶやくより早く、

「起きた⁉」

と由布子の焦り顔が視界に割り込んできた。「具合はどう。どこか痛いところは？」

「……とくにないけど」

戸惑いながら答えたそのとたん、由布子は「よかったぁ」とベッドに突っ伏す。

何、なんなのこれは？　さっぱり状況がつかめない。

「佳恵。訊きたいことはいろいろあるでしょうけど、健司くんに御礼を言わなきゃ駄目

よ」

「健司くん？」

「そう。ここで倒れてるあなたを発見したのも、私に知らせてくれたのも健司くんなんだから」

由布子が渋面で語ったところによると、彼は二時間ほど前、佳恵の部屋に明かりが点いているのを不審に思って様子を見に来てくれたらしい。

一見爆睡しているだけで、怪我をしている感じもない。なのにいくら呼びかけても起きないんです、と彼は震えた声で由布子に電話してきたという。

「たまたま彼に見つけてもらえたからいいけれど、もし何か急な病気で、倒れたままだったらどうなってたか……。あわや救急車を呼ぶところだったんだからね！」

びしっと指を突きつけられ、事態の深刻さに佳恵も青ざめる。

言われてみれば、今日は朝起きたときから猛烈にだるかった。定休日くらい存分に眠って寝不足を解消したかったのだが、最近は夢見も悪くて、二度寝を決め込むのも億劫だった。

それで仕方なく布団を抜け出し、向かったのは駅前の胃腸科。まさかこの私が、と否定し続けていたものの、数カ月目にして観念したのだ。

——胃の調子が悪い。

日によって波はあるものの、数日前からいよいよ痛みも感じ始めた。しかし好きに食べられないなんて絶対に嫌だ。いいかげんに薬をもらわねばなるまい、と。

ところが、「強い胃薬ください」と訴えた佳恵に対し、医者の了承はすぐには出なかった。

ちょうど検査に空きが出たからと、そのまま昼食を抜くよう指示され、心の準備もできないうちに胃カメラを飲まされて……。

「結果は？　どうだったの」

「あー、胃の壁が荒れてるって。ピロリ菌もいなかったし、いわゆる神経性胃炎」

そうして涙と吐き気と引き替えに胃薬を入手できたはいいのだが、調剤薬局を出たころには、あたりはすっかり薄暗くなっていた。通院だけで一日終わった、とがっかりしたのを覚えている。

「で、夕飯どうしようか、食欲ないなーってふらふら帰ってきて……。部屋に着いたとたんに睡魔に襲われたんだと思う」

「でしょうね、コートも脱いでなかったんだもの。気絶するみたいに寝るって、それ相当よ？　呼んでも揺すっても起きなかったらしいし、神経性胃炎っていうのも要はストレスでしょう。寝不足にしろストレスにしろ、どれだけ溜め込んでたのって話よ」

由布子にじろりと睨まれ、「はは……」と苦笑する。

気まずさついでに健司の所在を尋ねると、帰ってもらったわよ、とドアを指差された。

「勝手に女性の部屋を覗いたって恐縮してたし、なんだか元気なさそうだったから。彼にまで倒れられちゃ大変でしょ」

そうね、と佳恵も半身を起こしてうなずく。多少覗かれたところで気にしないが、疲れが溜まっているのは彼も同じだろう。

「心配、かけちゃったな」

膝を抱えたところでふと思い出し、床に転がっていた鞄からスマホを取り出すと、何十件ものＬＩＮＥの通知が入っていた。

トーク画面をさかのぼれば、始まりは健司から由布子への一報。佳恵が倒れたというものだ。

「やだ。あの子、グループのほうに送ったのね」

グループに入っているのは、三人にリョウと葵も含めた計五人。健司はよほど動転していたらしく、その後すぐに電話がかかってきたと由布子は言ったが、誤送信のおかげで倒れたことは全員に筒抜けだった。

リョウと葵も仰天したようで、緊迫したやり取りがしばらく続いたのち、一時間ほど前――由布子が皆に佳恵の無事を知らせたあと――には、佳恵に宛てたメッセージも残っていた。

〝おい長谷川。いつまでも二十代のノリでいるのは大馬鹿だぞ。あたしも徹夜でゲームはもう無理〟

〝佳恵さんは人を巻き込むだけじゃなくて、もっと頼ることを覚えたほうがいいです〟

どちらもなかなかの辛口だったが、リョウも葵も、佳恵の身を案じてくれていたのだ。申し訳なく思いこそすれ、怒りは少しも湧いてこない。

「どう？　私たちがどれだけ気を揉んだか、ちょっとはわかってくれた？」

「……うん」

「言っておくけど、私たちだけじゃないからね。健司くんが真っ先に私を呼んでくれたの、どうしてだと思う？」

佳恵は宙をしばし睨んだのち、「一番付き合いが長いから？」と由布子を見返した。

「それじゃあ五十点」

彼女は渋い顔で肩をすくめる。「一番付き合いが長いから――だから佳恵の実家にも連絡できるんじゃないか。とっさにそう思ったそうよ。ただ眠ってるだけでも、もし万一のことがあったら、大至急ご家族に知らせなきゃいけないでしょう？」

健司がそこまで気を回してくれていたことに、佳恵はひどく胸を衝かれた。そして今さらながら、自分の不養生が悔やまれてならなかった。

――会社員時代はもっと激務だったんだから。店をつぶさないよう、私が踏ん張らなきゃ。

野望ボードに掲げた〝安定経営〟達成のため、そんな言い訳で疲れを無視して、自分の体調は二の次、三の次だった。それで店長が倒れてしまえば本末転倒なのに。

佳恵は膝に顔を埋めて、ふーっと息を吐き出した。胸に渦巻く自己嫌悪は由布子にも伝わったらしく、こつんと肩を小突かれた。

「まあ、今回はご両親まで心配させずに済んで良かったじゃない。おばさまとおじさま、今もお元気？」

「おかげさまで。旅行行ったり庭いじったり、毎日忙しくしてるわ」

苦笑しながら、そういう老後を送れるのも健康だからなんだな、と思う。これまた今さらだけど。

「あーーーっ、やだやだ！」

佳恵は勢いよく腕を突き上げ、仰向けで布団に倒れ込んだ。「こんなことで年齢感じちゃうなんてさぁ。どうせなら大人の色気とか、そういう方向でお願いしたいわ」

「私たち、いつの間にやら三十代も後半だものね……。お肌も曲がり角どころか急カーブよ」

「それ若返ってない？　大歓迎じゃん」

「あ、ほんとだ」

由布子は自分の発言にくすくす笑って、ベッドに半身を預けてしなだれかかる。

「ねえ佳恵」

「うん？」

「あんまり言う機会もなかったけど……私、これでも佳恵には感謝してるのよ」

首だけ下に向けると、真剣な眼差しがこちらに向いていた。

「ここでパートさせてもらうようになって、妻でも母でもない自分の役割ができて……毎日充実してると思う。大変なこともももちろんあるけど、娘と家に籠もってたときとは、目に映る範囲が全然違うの。ああ、こんなに世界は広かったんだって、大袈裟だけど本気で思っちゃったわ」

「健司くんにも会えたし？」

初対面のとき、ドトールでマジ泣きしたのは伝説よね。そう照れ隠しに茶化すと、由布子は「いいかげん忘れて」と苦笑する。

「それはともかく——言いたいのは、《メゾン・デュ・シトロン》はもう佳恵だけの店じゃないってこと。最初に作り始めたのは佳恵でも、とっくに皆のものになってるのよ。わかる？　この店を失くしたくないのは私も同じだし、健司くんもきっとそう。他にも大切に思ってくれている人はたくさんいるでしょう。なのに、なのによ。どうしてたまたま先頭に立ってるっていうだけで、佳恵ひとりが自分を犠牲にしなきゃいけないの？オーナーって人柱と同義なの？」

すぐには言葉が浮かばず、佳恵は天井の梁《はり》をじっと見る。

すると由布子は、何を思ったか、「ほら」と屋根裏の空間をぐるりと指差した。

「この家だっておんなじよ」

「家?」

「そう。立派な大黒柱があっても、その一本だけじゃ家は建たないでしょ。何本もの柱や梁で全体を支えるから、家は家として在れる。そして柱や梁の数が多ければ、それだけ衝撃にも強いの。一本一本が太ければもっと頑丈でしょうね」

しばらく無言で天井を見回したのち、「……そっか」と佳恵は独りごちる。

《メゾン・デュ・シトロン》――レモンの家。

「私たちの家も、そのほうがいいかもね」

「でしょう? だからね、佳恵。余裕がないなら遠慮せずにまわりを頼ってよ。どうするのが一番なのか、皆で考えましょう。佳恵が抱え込んでるものだって、私や誰かが肩代わりできるかもしれない。ひとりで神経を尖らせて進むより、皆で愚痴りながらのほうが楽に決まってるもの」

茶目っ気を含んだ声音が、すうっと心に染み込んでくる。

ワーカホリックな性分を変えるのは難しそうだけど、こんな私でも、意識すれば少しずつ変われるかもしれない。

素直にうなずくと同時に、佳恵は思い出していた。

上司や部下に囲まれ、汗水垂らして働いていた二年前。本社オフィスは人も多くて、どのフロアも活気に満ちていたけれど、なぜか隙間風が通るような薄ら寒さがあった。同僚は仲間というよりライバルで、いつ蹴落とされるかという不安がつねに隣にあった。

あのオフィスに比べたら、この店はちっぽけもちっぽけ、吹けば飛ぶようなものなのだろう。

だけれど、この家はあたたかい。

外出から帰った自分がレモンの木を見上げてほっとするように、空腹を抱えて立ち寄った人も、店を支えてくれるスタッフも、みんなみんな、心があったまればいいなと思う。

由布子は佳恵の体調をもう一度確認すると、「そろそろいいかな」と腰を上げた。

「ありがと。わざわざ来てくれて」

「んーん。あ、レトルトのおかゆ持ってきたから、よかったら食べて。下にブイヤベースもあるって健司くんが言ってたけど、濃いのはまだ早いかな」

「両方いただくわ。寝たらお腹空いちゃった」

勝手口で「また明日」「おやすみ」と手を振り合い、由布子の足音が聞こえなくなるまで耳を澄ませて、静かに扉を閉める。

今夜はよく眠れる気がした。

＊　＊　＊

クリスマスイベント当日。

くしゃみで目覚めた健司は、続いて大欠伸《あくび》をしながらスマホのアラームをオフにした。セットした午前五時まではあと数分あったが、布団からはみ出した足の寒さで起きてしまったらしい。

ベッドを抜け出し、カーテンをめくって通りをうかがう。天気予報アプリが告げていたとおり、今日はお手本のような快晴になりそうで、しかしそのぶん、朝の冷え込みが起き抜けの身体にいっそう沁みた。

身震いしながら洗顔とひげ剃りを済ませて、一瞬迷ってから、髪をやや念入りにセットする。

「……そんな柄じゃないんだけどな」

鏡の向こうの自分はいかにも頼りなさそうなのに、佳恵曰く、〝本日の目玉〟はブイヤベースの隣に健司が立ってはじめて完成するという。「普通にサーブすればいいから！」とのことだが、注目を浴びるのはあまり好きではない。

とはいえ、休む間もなく働いているほうが、どうにもならないことを悶々と考え続けるよりよっぽど楽だろう。弥生に実質フラれてからというもの、気を抜くとすぐに落ち込んでしまうが、それでもあれだけ応援してもらったのだ。

——クリスマスイベント、頑張ってくださいね。

最後まで優しい言葉をかけてくれた彼女のためにも、今日のイベントは成功に終わらせたい。

健司は鏡の中の自分をじっと見つめて、あらためて気合いを入れたのだった。

その後、大急ぎで朝食を済ませた健司は、自転車で《メゾン・デュ・シトロン》に乗りつけた。空はまだ暗く、西の低い位置には星さえ残っていたのだが、店内にはすでに明々と光が点っていた。

「おはようございまーす」

勢いよく勝手口を開ければ、「おはよう！」とすぐさま返ってくる。

「早いですね」

「まあねぇ。まだ慣れてないから、物品チェックだけでも時間がかかっちゃうのよね」

かっちりしたパンツスーツで肩をすくめる佳恵は、一昨日を思えば、ずいぶんと顔色が戻っているようだ。

あの日——彼女が二階で倒れているのを発見したとき、健司は驚きのあまり心臓が飛び出しそうになった。大事に至らなかったのは幸いだが、ストレスによる不眠と寝不足のせいだったと翌日聞かされ、さらなる衝撃を受けた。

あの佳恵さんが、不眠？　寝不足？

というかそもそも、鋼鉄のブルドーザーにもストレスを感じる器官があったんだな。

おそらくオーナーとして、並々ならぬ重圧を人知れず抱えていたのだろう。が、そこは元々図太い彼女のこと。

回復するやいなや、冷蔵庫のブイヤベースもぺろりと完食した彼女は——本人曰く、今度は腹ペコで倒れそうだったらしい——昨日も仕事に穴を空けることなくホールに立っていた。

この人、どういう体力してるのかな。

健司は佳恵の背中をじっとり眺めたが、彼女はいっさい気づくことなく、

「じゃ、何かあったら呼んでちょうだい」

と、持ち込み品の最終チェックをするべく去っていった。それを呆れ交じりに見送り、健司も調理に取りかかる。

本日のイベント用に用意するのは、万一の際の予備も含めて五十食。昨日までにできる限りの仕込みは済ませてあるといっても、それだけの量を時間内に作らねばならないと思うと、普段の何倍ものプレッシャーが肩にのしかかる。

ブイヤベースを煮込む傍ら、焼いて、炒めて、盛りつけて……。

途中からは由布子やアルバイトも加わり、事前に決めたタイムスケジュールに沿って

調理を進めていたのだが、

「車回したわよー！」

　と存外早く佳恵の声が響いたときには、数センチほど飛び上がりそうになった。

　外を見やれば、門の前にワンボックスカーが横づけされている。搬入用に手配したレンタカーを、佳恵みずから取りに行ったらしい。

　慌てて振り向き、調理台に並んだ料理を確認。出来たてのソテーをフライパンからパーティー用の大皿へと移して、健司も声を張る。

「これで最後です。できているものから積み込みお願いします！」

「はい！」

　指示を飛ばすと同時に、待機していたホール係がいっせいに動き出す。それを見届け、ふーっと額の汗を拭った。

「間に合った……」

　許されるなら、このままへたり込んでしまいたい。しかし苦笑を浮かべた由布子に、すかさず替えのコックコートを渡された。

「お疲れさま、と言ってあげたいけど。健司くんはもうひと仕事ね」

「ですよね……。あ、申し訳ないんですが――」

「ここの片づけでしょ？　大丈夫よ。やっておくから、心置きなくお勤め頑張ってきて」

岡部さんにもよろしく、と由布子ら居残り組に見送られ、健司も佳恵に押し込まれるようにして助手席に乗り込んだ。荷台は料理や機材でいっぱいになっているため、搬入スタッフを務めるホール係は電車で現地に向かうらしい。

「行っくわよー」

ステアリングを握った佳恵の声に合わせて、エンジンが低く唸り出す。

サイドミラーの中、レモンの梢が遠ざかっていくのを、健司はかすかな緊張とともに見つめていた。


「では皆さん、メリークリスマス！」

「メリークリスマース」

白石の音頭に続いて、そこかしこでグラスがぶつかる音。《ケアグランデ東麻布》初のランチイベントは、和やかな雰囲気で始まった。

健司も壁際から拍手に加わりながら、さり気なくダイニングルームを見渡す。開放感のあるガラス張りの空間は、パーティションで大きくふたつに仕切られ、片方がランチ会場に割り当てられている。

並んだ長テーブルの上には、ぱりっと張られたクロスに、絵本に出てきそうな背高のキャンドル。金色の台座にあしらわれているのは、聖夜らしさあふれるヒイラギや松の実だ。

すべて葵が手がけたものだが、佳恵が彼女にそんな依頼をしていたのを、健司は搬入時にはじめて知った。

元々飾られていた立派なクリスマスツリーにそうした小物が加われば、いつもの食事処が特別な食卓に早変わりだ。テーブルコーディネートってすごいんだな、と唸らずにはいられない。

視線を移すと、十人ずつ向かい合った入居者たちはすでに歓談を始めていて、奥のテーブルには岡部の姿もあった。

落ち込んでいると聞いていたわりに、案外顔色は良い。イベントの効果もあるのだろう。

彼の周囲の入居者たちも皆笑顔で——その目の輝き、あれこれ言い合いながら前菜を楽しむその様子に、健司の胸もじんわり熱を持つ。

やはり相手の顔が見えないデリバリーより、このほうが自分向きなのだろう。

準備は気が遠くなるほど大変だったが、頑張っただけの甲斐はあった。開始十分にして、健司は手応えを感じていた。

「あらーっ！」

まあまあまあ、と最初に寄ってきたのは、七十代くらいの女性三人組だった。

健司はビュッフェ形式に並んだ料理の一角、ブイヤベース入りの大きなスープジャーの隣に立っていたのだが、そのうちのひとりが健司の存在に気づいたらしい。

「んまあ、お兄さん見慣れない顔！　ここの職員じゃないわよね？」

「えっ、コックさんなの？　それともサンタ？」

「どっちでもいいわよ。立ってるだけで目の保養じゃないの〜〜。んふっ、んふふふっ」

元気が良すぎる高齢者に気圧され、健司は「はは……」と苦笑する。

——健司くん、今日はコック帽じゃなくてこれよ！　昨日ドンキで買ってきたから！

乾杯の直前、佳恵にそう言ってかぶらされたサンタ帽が頭にあっては説得力に乏しいが、いちおうコックだと明かすと、三人組はますます鼻息を荒くした。

「じゃあ何、今日の料理も全部お兄さんが作ったってこと？」

「はい。ええっと、こちらの入居者で岡部さんっていらっしゃいますよね。その岡部さんの以前のお住まいでビストロをやってまして、《メゾン・デュ・シトロン》というんですが……」

会場の隅、プランナーとして会を見守る佳恵から〝宣伝しろ〟という無言の圧を感じ、しどろもどろに説明する。

と、そのあいだに誰かが呼びに行ったらしく、岡部本人も烏龍茶のグラス片手にやってきた。

「おう。わざわざご苦労だったな」

「ご無沙汰してます」

サンタ帽を手で押さえて、健司もぺこりと会釈する。

チェックのジャケット姿は相変わらず決まっていたが、岡部と顔を合わせた瞬間、鳴りをひそめていた不安がふたたび頭をもたげた。

各席に事前にセッティングしておいた前菜盛り合わせ。すでに完食しているようだが、味はどうだったのだろう。

思い切って尋ねると、岡部は「悪くなかったぞ」と澄まし顔で返してきた。

「そっ、それって――」

「二度は言わん」

ぷいと顔を背けられたが、自分にはつねに冷淡な彼が言うのだ。これはかなりの賛辞なのではないか……？

思わず固まっていると、今度は突然背中を叩かれる。

「兄ちゃん、メシ美味かったぞ！」

ふと気づけば、他の入居者たちも続々と集まってきていて、周囲は見る間に人だかりになった。

「たまにはいいわねえ、こういう豪華なランチも」

「なんだったかしら、さっきのあの白いの。柚子の風味が利いてて、もっと欲しかったわ」

「お兄さん、今度娘とお店にもうかがうわね！」

ありがとうございます、ありがとうございます、と米つきバッタのように頭を下げて、健司ははっとした。

「そうだ——、ブイヤベース！　ブイヤベースもいかがですか！」

これ？　と皆の視線がスープジャーに集まる。健司はうなずき、「フランス流の海鮮鍋みたいなものです」と解説した。

「身体があったまるので、こんな寒い日はとくにおすすめですよ。日本だと具と一緒に出されることも多いんですが、まずはスープから召し上がってみてください」

パンを浸して食べる方法も伝えながら、スープ皿にどんどんよそっていく。最初の希望者の列が途切れると、岡部も見計らったようにやってきて、

「本場風だな」

とにやりと笑いながら皿を受け取った。

席に戻っていく入居者たちを見送り、反応を待つ。うまくできたとは思うが、はたして高齢者に受け入れられるかどうか。

健司は逃げたい気持ちを抑え、コックコートの裾を固く握り締めていたのだが——

「ねえ、お代わりちょうだい！」

「俺ァ、次は具だ。どんとよそってくれ」

「あのマヨネーズみたいなソース、私も作ってみたいわ。レシピないの？」

入居者たちはほどなく、好き勝手に喋りながら健司をふたたび取り囲んだ。

進んでクリスマスランチに参加した人たちだから、洋食への抵抗も薄いのだろう。健司は安堵しつつも対応に追われ、佳恵も列をさばきに飛んでくる。

「さあさ、他のアラカルトもたくさんありますからね！　どんどん召し上がってくださいよ！」

正月の初売りセールさながらの喧噪の中、たっぷり用意したはずのブイヤベースがみるみる減っていく。

光栄なことだが、こんなに騒がしいランチで良かったのか？

クリスマスなのに……と不安に駆られて白石をうかがうと、司会台の脇に控えていた彼女は、いたく満足そうに会場を眺めていた。その視線の先には、笑顔で食事に興じる入居者たち。

まあ、入居者を元気づけたかったんだもんな。これはこれで良かったんだろう。

健司もふっと肩の力を抜き、口元を緩ませた。

異変が起こったのは、それから間もなくだった。

「ブイヤベース、まだ残ってるわね？」

佳恵から声をかけられ、不思議に思いながらもうなずくと、彼女は白石に向かって何か目配せした。

どうかしたのかと尋ねるより早く、会場の隅がざわめく。ちょうどダイニングルームの入り口側だ。

健司もつられて首を伸ばし、次の瞬間、そこにいた人物にあっと目を見張った。——

小柄な白髪の老婦人と、その車椅子を押す壮年男性。キルトの膝かけから覗いた女性の片足には、真っ白なギプスが嵌まっている。

もしかして。

そう思うと同時、窓辺でガタッと大きな音がして、岡部が驚愕の表情で腰を浮かせているのが見えた。

「垣内《かきうち》さん……！」

岡部の上擦った声が、しんとした会場に響き渡る。

会場の端と端、長く伸びたテーブルなど視界に入っていないかのように、ふたりはまっすぐたがいを見つめていた。

＊＊＊

マイクのスイッチ音に続いて、白石のアナウンスが静寂を払いのけた。

『本日のスペシャルゲスト——と言っても、ご紹介は不要ですね。皆さんご存知、垣内美也子《みやこ》さんです！　今日はこのイベントのため、病院から駆けつけてくださいました！』

老婦人は頰を染め、

「まあ、そんな大仰な……」

としきりに恐縮していたが、たちまち入居者たちに囲まれ熱烈な歓迎を受けた。彼女を取り囲んだ輪の中心部には、当然のように岡部の姿もある。

佳恵は壁際に立ち、その様子を微笑ましく眺めていたのだが、やがて健司が物言いたげな表情でやってきた。

「佳恵さん」

「んー？」

「このサプライズ、ひょっとして仕掛け人は佳恵さんですか」

「あ、わかった？」

軽く舌を見せると、健司はサンタ帽を揺らして「はぁ……」と嘆息する。

「だったら僕にも教えといてくださいよ。どうして予備に何人前も要るんだろうとは思ってましたけど」

「だって本当に来られるかどうか、今日までわからなかったんだもの。さっきも息子さんから行けるって電話があったの、会が始まる直前よ？」

外出許可をもらうのに手間取ったということだが、とはいえ時間内に間に合ったのだ。

彼女たち親子にもクリスマスランチを楽しんでいってもらいたい。

そう健司相手に話していると、

「——おい」

凄むような声とともに、岡部がふんぞり返るように立ち塞がった。

「お前さんか。余計な気を回して寄こしたのは」

「あら、余計でした？ 私からのクリスマスプレゼントです。送別会もなしに転居じゃ、垣内さんも寂しいでしょう？」

岡部はふんと鼻を鳴らしたものの、頬は緩み、嬉しさがにじみ出ている。この憎まれ口も照れ隠しなのだろう。

「それにしても、お前さん、どうやって彼女のことを知ったんだ」

私は何も言った覚えはないが、と不審がられ、佳恵は先日、施設スタッフから聞いたのだと説明した。

「そしたらそのあと、彼女の息子さんとばったりお会いしたんですよね。ちょうど退居手続きに来て、垣内さんの私物を運び出してたところに私がぶつかっちゃって……。花柄のポーチなんかも見えたし、ああ、入院した女性のご家族だろうなってピンと来たんですけど」

「けど、なんだ⁉」

苛立つ岡部を宥めて、長テーブルの端まで連れていく。

するとは垣内親子は白石に案内され、ちょうどテーブルに着こうとしていたところだった。佳恵の顔を見るなり、「まあ」「このたびはどうも」と揃って相好を崩す。佳恵も来訪の礼を伝えて、小声で耳打ちする。

「すみません、お願いしていたものは」

「ああ、はいはい。持ってきましたよ。……ですけど、こんなボロボロの本、どうしてご覧になりたかったのかしら」

彼女が不思議そうに鞄から取り出したのは、古びた一冊の文庫本。

「それはですね――」

とにっこり微笑みかけると、佳恵は岡部を前に押しやった。「私ではなく、岡部さんにお見せしたくて」

「岡部さんに？」

垣内がきょとんと見やったものの、チェック模様の背中は微動だにしない。

彼は目を剝き、表紙の『檸檬』の文字を愕然と見つめたまま、幽霊でも目撃したかのように凍りついてしまっていた。

「えー。では僭越ながら、私からヒントを」

佳恵は軽く咳払いしたのち、まっすぐ人差し指を立てた。

ひとつ、東京タワー。

ふたつ、梶井基次郎作『檸檬』。

続けて二本目の指を立てた瞬間、両側から息を呑む気配がする。

「嘘だろう……」

「まさか、そんなことって……」

「いえ、おそらくお察しのとおりです。垣内さんのお荷物の中にその本が見えたとき、私もえっと思ったんですよね。ずいぶん大事になさっているようでしたし、岡部さんの思い出話はうかがっていたので、もしかしたら、って。こんなにキーワードが揃うなんてそうそうありませんもの」

「それで貴女、この本を持ってくるようにと……」

半ば呆然と漏らした垣内に、佳恵はこくりと首肯する。

白石に頼んで垣内親子に連絡を取ったとき、佳恵が確認したのはクリスマスランチに参加できるかどうか。そしてもうひとつは、あの『檸檬』の来歴だった。

東京タワーで働いていた娘時代に、ある男性から『檸檬』の文庫本をもらったこと。男性とはそれきりになり、本もいつしか紛失してしまったが、ひとり息子を育て上げたころに書店で新版を見かけて、ふいに思い出したこと。

――目に留まったのもたまたまでしたし、まったく同じものじゃあないんですけれど。なんだか懐かしくなって、気づいたら買って帰っていたんですよ。

そんな思い出話を、垣内は電話口でていねいに教えてくれた。

「ま、待ってくれ」

しかし佳恵が息をつく間もなく、岡部が血相を変えて割り込んでくる。「長谷川さんよ。あんた、何か思い違いをしとるんじゃないか。たしかにその本のことはあんたに話したが、さしてめずらしい本でもなし、偶然の一致ってやつだろう。第一、私が会ったのは谷美代子さんで――」

「美也子ですよ」

「何？」

「美也子ですよ、私は、昔から。そりゃあ結婚して垣内の家に入りましたけど、一週間もあんなに熱烈に通っていらしたのに」

「！　そいつは、その……」

垣内に上目遣いで睨まれ、岡部はすっかりたじたじだ。

「……なあんて、ごめんなさいね。それを言うなら謝るのは私のほうですよね。私ったら、主人に先立たれたあとは息子を育てるのに必死で、すっかり忘れてたんですもの。お名前どころか、お顔もうまく思い出せない始末で」

「それは私のほうこそ……。しかし手紙は……」

「手紙？」

なんのことだかわからない様子の垣内に、「待っていたんだ」と岡部は小さく呻《うめ》く。

「最後の日、貴女に会えないとわかって、あの『檸檬』に私の住所を書いて挟んでおいた。すぐには無理でも、落ち着いたら手紙のひとつでももらえるだろうと」

岡部が決まり悪そうに明かすと、今度は垣内が顔色を失くす番だった。

彼女はおろおろと口元を覆い、懸命に記憶をたぐっていたが、メモの類を見た覚えはないらしい。

「どうしましょう、私ったら……」

「ああ、いいんだ。今となってはささいなことだ」

「でも」

「おおかた貴女の手に渡る前に、どこかで抜け落ちてしまったんだろうさ。それより、ほら、今は再会を喜ぼうじゃないか。ずいぶん遠回りになったようだがね」

岡部の慰めのおかげで、垣内も平静を取り戻す。

けれども、ふたりはどちらからともなく黙り込んだあと、ちらっと視線を絡ませ、照れたようにうつむいてしまった。

……あらあら。

甘い空気に当てられ、佳恵まで気恥ずかしさに距離を置く。

しかしながら、ここには当然、ふたりを知る人々が大勢いるわけで――

「え、なんだい。あんたら、昔っから知り合いだったのか？　どうりでオシドリも真っ青なくらいに始終くっついてたわけだ！」

誰かの冷やかす声に、どっと笑いが起こる。

ふたりは揃って赤面したものの、それでもやはり、嬉しそうに顔を見合わせて笑っていた。

『えー、ご歓談中失礼します』

やがて沸きに沸いた会場に響いたのは、白石によるデザートタイム開始のアナウンスだった。

「ほら健司くん！　しっかりして！」

ぼーっと突っ立っていた健司をつついてやると、彼は慌ててバックヤードに向かい、大きな配膳ワゴンを押して戻ってきた。

中央のスタンドに載っているのは、苺やチョコレートで彩られたシックなブッシュドノエル。そしてそれを取り囲んでいるのは、照明を浴びてきらりと輝くグラスデザートだ。

てっぺんのミントの葉の下、透き通ったゼリーの中にはレモンスライスが閉じ込められていて、見た目にもすがすがしい。

「兄ちゃん、丸太がクリスマスケーキだってのはわかるが。そっちはなんだい？」

「ああ、こちらはレモンソーダゼリーですね。中に入っているのは自家製ハニーレモンで、ゼリーの部分にはキリンレモンを使っています。炭酸がしゅわしゅわしていて、さっぱり召し上がっていただけますよ」

誰かの問いに健司が答えた瞬間、岡部と垣内の顔色がはっと変わる。

すぐさま視線を寄こされ、それに微笑み返してから、佳恵はゼリーのグラスをふたつ持っていった。

「メリークリスマス、おふたりさん。たまにはこんなクリスマスもいいでしょう?」

岡部は何か言いたげに表情を歪めていたが、結局お手上げだとばかりに苦笑した。

「しかしまあ、よくもやってくれたもんだ」

「本当にねぇ。あとはお迎えを待つばかりだと思っていたのに、こんなことって……」

潤んだ垣内の目元に、岡部が慌ててハンカチを押し当てる。

「今は昔と違って、つながる手段はいくらでもありますから。どうぞおふたり仲良く、長生きしてくださいね」

「もちろんだ。私の第二の人生――いや、第三の人生が始まった気がするよ」

岡部は垣内の背後へ回ると、彼女を包み込むように車椅子のハンドルに肘を預けて、力強くうなずいた。

ぽっと頰を染めた垣内に気づいて、佳恵もふふっと笑う。

キリンレモンの瓶を手に寄り添う、在りし日の彼らを思い描きながら。

ÉPILOGUE

Café《カフェ》 ou《ウ》 Thé《テ》

「はいはい、今日もお疲れーっ！」

新年の慌ただしさもようやく薄れた、ある日曜日。佳恵の鶴の一声でディナーの休業が決まった《メゾン・デュ・シトロン》では、歓声とともに乾杯の音が響いていた。

「くあーーーー！　年末からろくに息抜きできなかったものね。疲れた身体にワインが沁みるーっ！」

「ん？　これって新年会だったか？」

ワイングラスを恍惚と掲げ、西洋彫刻じみたポーズを決めた佳恵の隣で、リョウが生ハムを咀嚼しながらつぶやく。即座に訂正を入れたのは、テーブルの向かいに座った葵と由布子である。

「違いますよう」

「今日はほら、『健司くんを慰める会』」

「ああー……。お疲れ、西田」

憐れみの籠もった顔でグラスを差し出され、健司は不承不承グラスを合わせる。引き攣りっぱなしの口元が痛い。呑まなきゃやってられないとは、まさしくこのことだ。

弥生がフランスへと旅立ったのは、先々週、正月飾りが外れて間もないころだった。店を放って見送りに行くわけにもいかず、フライトの時刻にそっと留学の成功を祈るくらいしかできなかったのだが、健司はその後、《ベル・フルレット》に一度だけ立ち寄っていた。

たびたび深夜にふたりきりの時間を過ごした、小さな花屋。当時は久々の恋に浮かれて、秘密の隠れ家みたいだとまで思っていたけれど、見知らぬ新人店員が行き来するその店は、もはや他人のようによそよそしかった。

ただ、弥生さんがいないだけなのにな。

店先を彩るカラフルな花々さえも、どことなく味気ない。

結局、健司に残されたものといえば、まともに告げることもなく破れたこの恋心。それにカウンターの上に居座る、葵に喧嘩を売り続けているサボテンだけだった。

「……はあ」

健司は重く溜め息をこぼすと、バゲットを切り分けていた手を止めた。「っていうか、なんで慰められる僕がまた料理してんですか……」

「あら。失恋から立ち直るには、何かに没頭するといいって言うじゃない」

ワインを手酌しながらうそぶく佳恵に続いて、葵も深くうなずく。

「仕事でも趣味でもいいんでしょうけど、西田さんの場合、どちらも料理ですからね」

「実際苦になんないだろ？」

リョウから指を差されて、健司はうっと見下ろす。

たしかにテーブルの上には、見境もなく作ってしまった大量の料理。軽いつまみはもちろん、サラダにポタージュ、数種類もの肉・魚料理に由布子リクエストのブイヤベースと、我ながら呆れるくらいの品数だ。

無意識にのめり込んでいたのだろうが、しかしだからってこの量……。僕には本当に料理しかないんだな……。

ブレッドナイフ片手に地の底まで落ち込んでいると、由布子が「大丈夫よ！」と拳を握ってみせた。

「健司くんはもう、そこに存在してくれるだけでいいの。自担の笑顔は霊験《れいげん》あらたか、寿命も延びるんだから」

後半はよくわからなかったが、よほど萎れて見えたのかもしれない。健司は素直に礼を言う。

「吹っ切れたとはまだ言えませんけど……でも、納得してる部分もあるんです。彼女はたぶん、今は恋愛してる場合じゃなかったんだろうなって」

――そう。

振り返ってみれば、弥生は自分を、夢を追う同志のように見ていたのではないか。

そしてそのおかげか、ある程度の好意は抱いてもらえていた気がするけれど、彼女にとってみれば、留学の夢が叶う日がすぐそこまで迫っていたのだ。もし万が一、ほのかな恋愛感情があったのだとしても、さらに踏み出すのは難しかっただろう。

「一方は花、一方は料理……か。良くも悪くも、似た者同士だったんですねえ」

葵がしみじみつぶやき、健司もうなずく代わりにグラスビールに口をつける。

「SNSとか、何かつながってないんですか？」

「そうそう。昔と違って、今は距離なんてないようなもんでしょ？　岡部さんたちだって、垣内さんの息子さんに手伝ってもらって、オンラインのビデオ通話を導入したんだそうよ。八十代に負けてどうすんのよ」

佳恵からもけしかけられたが、健司は口の中の苦みを味わいながら首を振った。

自分も日々の仕事で手いっぱいだし、彼女はこれから一流のフローリストを目指して研鑽を積んでいくのだ。後ろを振り向いてなんかいないで、まっすぐ進んでもらいたい。

健司はもごもごとつぶやき、ビールをひと息に飲み干した。

だって自分は、ひたむきに花と向き合うその姿に何より惹かれたのだから。


「ほいじゃ、健司くんのいじらしさにかんぱーい！」

佳恵は次のワインを開けると、またもや妙な彫像のポーズでグラスを突き出した。だいぶ出来上がってきてるなと呆れつつ、健司も自分の取り皿を引き寄せる。

評判が良いため、今ではアラカルトの定番メニューに昇格したブイヤベースをつついていると、ふいに思い出されたのはあのクリスマスランチ、そしてあのデザートだった。

「そういえば、佳恵さん」

「ん？」

「こないだのレモンゼリーですけど、あれって何か由来があったんですよね？」

あのゼリーはイベントの前に佳恵に頼まれ、急遽メニューに加えたものだった。

自家製レモンを――つまりは《メゾン・デュ・シトロン》を――アピールしたいのだろうと思っていたのだが、イベント当日、健司がゼリーの説明をしたとたん、岡部と垣内の顔色が変わったのが見えた。

「あー、うん。それねえ」

佳恵は囓っていた豚肉のコンフィを呑み込むと、ナプキンで唇を拭って、東京タワーでの彼らの馴れ初めを口にする。

それはまるでレトロな名作映画のようで、由布子は「素敵……！」と感極まっていた。

「なるほど。だから『キリンレモンを使え』って指定だったんですね」

「ソーダはソーダでも、他の銘柄じゃ意味がないでしょう？　ま、実際あのイベントのあとで店に来てくださった方もいたし、アピールの意図もないではなかったけどさ。せっかくの再会だもの、何かしてあげたいじゃない」

うなずく健司の脳裏に、岡部と垣内の姿がふたたび浮かぶ。長年連れ添った夫婦にも引けを取らない、仲睦まじいふたり。うらやましく思わないはずがない。

いつか自分も、あんなふうに寄り添える相手と出会えるだろうか。同じ道を行くなら、ひとりよりもふたりのほうが……とぼんやり考え込んでいると、

「他人事だな」

と、リョウがからかうように顎をしゃくってきた。

「なんのことです？」

「おいおい、鈍いな。あんたも岡部のじいさんみたいに、数十年後に再会できるかもしんないってことさ」

一瞬遅れて、それが弥生のことだと思い至る。

「……」

「なんだよ。微妙な顔だな」

「だってそれ、数十年は独り身ってことでしょう？　さすがにそこまで気が長くはないです」

「はーん。だったら婚活でもするか？」

「やめて！　健司くんにそんなの吹き込まないで！　健司くんが結婚なんて、結婚なんて……っ！」

なぜか突然取り乱した由布子の隣で、あ、と葵がひらめいた顔をする。

「そういえば例のユッ」「いやーーっ！」「熱愛のお相手と結婚」「聞きたくないいいぃーー！」

由布子の悲鳴がこだまするやら、佳恵はワインボトルをマイクに歌い出すやら、店内はもうめちゃくちゃだ。

健司はその隙をうかがい、空の皿やグラスを集めてこっそり厨房へ避難した。

調理台の前に折り畳み椅子を引き出し、ふうと腰かける。

わけもなく笑いがこみ上げるくらいには酔いが回っているが、自分のテリトリーは空気が身体に馴染んで、ことのほか心地良い。

思えば昨年の夏、客足がガクンと落ちたことから一連の試行錯誤は始まった。結局、デリバリーは年末に休止したままで、今は店からの持ち帰りにだけ対応している。留守番している家族にも食べさせてやりたい——そんな声が意外と多かったからだ。

ではケータリングはというと、初のイベントは無事に乗り切ったとはいえ、こちらにも課題はあった。一番はやはりマンパワー不足。

デリバリーより断然利益率が良いわね、と佳恵は小躍りしていたが、注文ごとにアレンジも必要になるため、健司だけではそう頻繁にはこなせない。

それで佳恵と話し合った末、

——当面は控えめに、『ケータリング応需』って程度にしましょうか。

と、そんな結論に落ち着いた。

先週来店してくれた岡部には、「おいおい、もう守りに入る気か？　若いくせして甘っちょろいんじゃないか」とさっそく小言を食らってしまったが、〝行き過ぎた無理は禁物〟――それもまた、今回の一件で学んだことである。

シェフとして、自分の気持ちに正直に。

自分がしたいと思うやり方で、心のこもった料理でもてなしたい。

たとえ出来映えに差はなくとも、ひと皿ひと皿にきちんと向き合えていなければ、それは自分の料理とは言えない気がするのだ。

それはおそらく、誠意、みたいなもの。知らず知らずににじみ出て、店というものを形作っていくのだろう。


「健司くーん?」

ホールから呼ぶ声が聞こえて、健司ははっと我を取り戻した。

「あれー、どこだろ。チーズなくなっちゃったんだけどー。お代わりなぁいー?」

「はいはい、ただいま!」

苦笑交じりに声を張り上げ、さて、と冷蔵庫に歩み寄る。

そういえば、次のランチは何にしようか。今週は雪の予報も出てたし、あったまるものが良さそうだな。何か煮込みを……あ、オニオングラタンスープとかどうだろう。

玉ねぎをトトトト、と薄切りする手応え。

バターで飴色になるまで炒める、芳ばしい香り。

そっと瞼を下ろせば、オーブンの中でチーズをまとってぐつぐつ煮える音まで聞こえるような、そんな心地がする。

健司は幾度か瞬きしたのち、ふと視線を上向けた。

するとその先、冷蔵庫の扉に映った自分の顔はいかにも楽しげに緩んでいて、思わずふはっと噴き出した。

――傷心が癒える日は、きっとすぐそこだ。

本書は文春文庫への書き下ろし作品です。

ＤＴＰ制作　エヴリ・シンク

文春文庫

定価はカバーに
表示してあります

ボナペティ！
秘密《ひみつ》の恋《こい》とブイヤベース

2022年11月10日　第1刷

著　者　徳《とく》永《なが》　圭《けい》
発行者　大沼貴之
発行所　株式会社　文藝春秋

東京都千代田区紀尾井町 3-23　〒102-8008
TEL　03・3265・1211㈹
文藝春秋ホームページ　http://www.bunshun.co.jp

落丁、乱丁本は、お手数ですが小社製作部宛お送り下さい。送料小社負担でお取替致します。

印刷・図書印刷　製本・加藤製本

Printed in Japan
ISBN978-4-16-791961-0

（　）内は解説者。品切の節はご容赦下さい。

額賀　澪
屋上のウインドノーツ
引っ込み思案の志音は、屋上で吹奏楽部の部長・大志と出会い、人と共に演奏する喜びを知る。目指すは「東日本大会」出場！　圧倒的熱さで駆け抜ける物語。松本清張賞受賞作。（オザワ部長）
ぬ-2-1

額賀　澪
さよならクリームソーダ
美大合格を機に上京した友親に、やさしく接する先輩・若菜。しかし、二人はそれぞれに問題を抱えており――。少年から青年に変わっていく、痛くも瑞々しい青春の日々。（川﨑昌平）
ぬ-2-2

乃南アサ
六月の雪
三十二歳独身、声優になる夢に破れ、祖母の生まれ故郷の台湾・台南市を訪ねた未來は、その旅の中で台湾の人々が生きてきた戦中戦後の過酷な時代の傷跡を知る。（川本三郎）
の-7-12

野村美月
三途の川のおらんだ書房
迷える亡者と極楽への本棚
「人生最後にして最上の一冊選びます」。三途の川べりにある書店の店主は、未練を抱える死者たちに優しく寄り添い成仏へと導く本を探すが――。本好きに贈るビブリオ・ファンタジー。
の-23-1

野村美月
三途の川のおらんだ書房
転生する死者とあやかしの恋
三途の川のほとりにある〈おらんだ書房〉に、ある日突然、鬼を左右に従えた怪しい老人が現れた。この老人は一体何者なのか？　「文学少女」シリーズの著者による、最新の書き下ろし。
の-23-2

林　真理子
最終便に間に合えば
新進のフラワーデザイナーとして訪れた旅先で、7年ぶりに再会した昔の男。冷めた大人の孤独と狡猾さがお互いを探り合う会話に満ちた、直木賞受賞作を含むあざやかな傑作短編集。
は-3-38

林　真理子
最高のオバハン
中島ハルコの恋愛相談室
中島ハルコ、52歳。金持ちなのにドケチで口の悪さは天下一品。嫌われても仕方がないほど自分勝手な性格なのに、なぜか悩み事を抱えた人間が寄ってくる。痛快エンタテインメント！
は-3-51

（　）内は解説者。品切の節はご容赦下さい。

生誕祭　（上下）
馳　星周

バブル絶頂期の東京。元ディスコの黒服の堤彰洋は地上げで大金を動かす快感を知るが、裏切られ、コカインとセックスに溺れていく。人間の果てなき欲望と破滅を描いた傑作。（鴨下信一）

は-25-4

アンタッチャブル
馳　星周

ドジを踏んで左遷された宮澤と、頭がおかしくなったと噂される公安の〝アンタッチャブル〟椿。迷コンビが北朝鮮工作員のテロ計画を追う！　著者新境地のコメディ・ノワール。（村上貴史）

は-25-9

キネマの神様
原田マハ

四十歳を前に突然会社を辞め無職になった娘と、借金が発覚したギャンブル依存のダメな父。ふたりに奇跡が舞い降りた！　壊れかけた家族を映画が救う、感動の物語。（片桐はいり）

は-40-1

太陽の棘《とげ》
原田マハ

終戦後の沖縄。米軍の若き軍医・エドは、沖縄の画家たちが集団で暮らすニシムイ美術村を見つけ、美術を愛するもの同士として交流を深めるが…。実話をもとにした感動作。（佐藤　優）

は-40-2

警視庁公安部・青山望　完全黙秘
濱　嘉之

財務大臣が刺殺された。犯人は完黙し身元不明のまま。捜査する青山望は政治家と暴力団・芸能界の闇に突き当たる。元公安マンが圧倒的なリアリティで描くインテリジェンス警察小説。

は-41-1

警視庁公安部・片野坂彰　紅旗の陰謀
濱　嘉之

コロナ禍の中、家畜泥棒のベトナム人が斬殺された。警視庁公安部付・片野坂彰率いるチームの捜査により、中国の国家ぐるみの〝食の簒奪〟が明らかに。書き下ろし公安シリーズ第三弾！

は-41-43

スクラップ・アンド・ビルド
羽田圭介

「死にたか」と漏らす八十七歳の祖父の手助けを決意した健斗の意外な行動とは!?　人生を再構築中の青年は、祖父との共生を通して次第に変化してゆく。第153回芥川賞受賞作。

は-48-2

（　）内は解説者。品切の節はご容赦下さい。

原　宏一
閉店屋五郎
「閉店屋」こと中古備品販売の五郎は、情に厚くて仕事熱心、惚れっぽいのが玉に瑕。猪突猛進バツイチ男が今日も町のお店のトラブルを救う！　涙と元気が出るほっこり小説。（永江　朗）
は-52-1

原　宏一
廃墟ラブ
閉店屋五郎2
中古備品を回収・販売するため、廃業する店を訪ねて、ひとり娘と東奔西走する五郎。出会った三人のワケアリ女に惚れて、助けて、袖にされ……。ほっこり小説、決定版！（青木千恵）
は-52-2

蜂須賀敬明
横浜大戦争
保土ケ谷の神、中の神、金沢の神――ある日、横浜の中心を決めるため、神々の戦いが始まる。はたして勝者は？　ハマに大旋風を巻き起こす超弩級エンタテイメント！　未体験ゾーンへ！

は-54-2

蜂須賀敬明
横浜大戦争　明治編
「ハマ」を興奮の渦に巻き込んだ土地神たちが帰ってきた！　今回は横浜の土地神たちが明治時代にタイムスリップ。前代未聞の大ボリュームで贈る特別付録「神々名鑑と掌編」も必読！

は-54-3

早坂　吝《やぶさか》
ドローン探偵と世界の終わりの館
ドローン遣いの名探偵、飛鷹六騎が挑むのは奇妙な連続殺人。廃墟ヴァルハラで繰り広げられる命がけの知恵比べとは？　定石破りの天才が贈る、意表を突く傑作ミステリ。（細谷正充）
は-56-1

東野圭吾
レイクサイド
中学受験合宿のため湖畔の別荘に集った四組の家族。夫の愛人が殺され妻が犯行を告白、死体を湖に沈め事件を葬り去ろうとするが……。人間の狂気を描いた傑作ミステリー。（千街晶之）
ひ-13-5

東野圭吾
手紙
兄は強盗殺人の罪で服役中。弟のもとには月に一度、獄中から手紙が届く。だが、弟が幸せを摑もうとするたび苛酷な運命が立ち塞がる。爆発的ヒットを記録したベストセラー。（井上夢人）
ひ-13-6

（　）内は解説者。品切の節はご容赦下さい。

姫野カオルコ
彼女は頭が悪いから
東大生集団猥褻事件で被害者の美咲が東大生の将来をダメにした〝勘違い女〟と非難されてしまう。現代人の内なる差別意識に切り込んだ社会派小説の新境地！　柴田錬三郎賞選考委員絶賛。
ひ-14-4

東山彰良
僕が殺した人と僕を殺した人
一九八四年台湾。四人の少年は友情を育んでいた。三十年後、人生の歯車は彼らを大きく変える。読売文学賞、織田作之助賞、渡辺淳一文学賞受賞の青春ミステリ。（小川洋子）
ひ-27-2

平田　駒
110番のホームズ　119番のワトソン
夕暮市火災事件簿
火事場の奇人（シャーロック）と呼ばれる警官と熱血消防士。数々の火災現場で協力して捜査にあたることになった二人がバディとして成長する姿を描く。第1回バディ小説大賞受賞作。
ひ-28-1

平山夢明
デブを捨てに
「うで」と「デブ」どっちがいい？　最悪の状況、最低の選択。究極の選択から始まる表題作をはじめ〈泥沼〉の極限で咲く美しき〝クズの花〟〈最悪劇場〉四編。（杉江松恋）
ひ-29-1

平山夢明
ヤギより上、猿より下
淫売宿にヤギの甘汁とオランウータンのポポロがやってきた。彼女たちの活躍で姐さんたちが恐慌を来す表題作ほか全四編。〈最悪劇場〉第二弾。（宇田川拓也）
ひ-29-2

百田尚樹
幻庵《げんなん》（全三冊）
「史上最強の名人になる」囲碁に大望を抱いた服部立徹、幼名・吉之助は、後に「幻庵」と呼ばれ、囲碁史にその名を刻む風雲児だった。天才たちの熱き激闘の幕が上がる！（趙　治勲）
ひ-30-1

藤田宜永
愛の領分
仕立屋の淳蔵はかつての親友夫婦に招かれ、昔追われるように去った故郷を三十五年ぶりに訪れて佳世と出会う。二人は年齢差を超えて惹かれ合うのだが……。直木賞受賞作。（渡辺淳一）
ふ-14-6

（　）内は解説者。品切の節はご容赦下さい。

藤田宜永
奈緒と私の楽園
良き友人の前妻と、セックスを愉しむ愛人がいるバツイチ、五十歳の塩原。だが母親の行方を探す二十九歳の奈緒と出会い、急速に惹かれていく。禁断の性愛を描く問題作。（村山由佳）
ふ-14-13

藤原伊織
シリウスの道（上下）
広告代理店に勤める辰村には秘密があった。その過去が二十五年後の今、何者かに察知された。十八億円の広告コンペの内幕を主軸に展開するビジネス・ハードボイルド。（北上次郎）
ふ-16-3

藤原伊織
テロリストのパラソル
爆弾テロ事件の容疑者となったバーテンダーが、過去と対峙しながら事件の真相に迫る。乱歩賞&直木賞をダブル受賞した不朽の名作。逢坂剛・黒川博行両氏による追悼対談を特別収録。

ふ-16-7

古川日出男
ベルカ、吠えないのか?
日本軍が撤収した後、キスカ島にとり残された四頭の軍用犬。彼らを始祖として交配と混血を繰り返し繁殖した無数のイヌが、あらゆる境界を越え、〝戦争の世紀＝二十世紀〟を駆け抜ける。

ふ-25-2

福澤徹三
Iターン
広告代理店の冴えない営業・狛江が単身赴任したのはリストラ寸前の弱小支店。待っていたのは借金地獄にヤクザの抗争。もんどりうって辿りつく、男の姿とは!?（木内　昇）
ふ-35-1

福澤徹三
侠飯《おとこめし》
就職活動中の大学生が暮らす1Kのマンションに転がり込んできたヤクザは、妙に「食」にウルサイ男だった！　まったく異質なふたつが交差して生まれた、新感覚の任侠グルメ小説。

ふ-35-2

福澤徹三
おれたちに偏差値はない
堂南高校ゲッキョク部
十五歳の草食系・悠太は、アクシデントに見舞われて一九七九年にタイムスリップ。そしてヤンキーの巣窟・堂南高校に通うハメに……。超おバカで愛すべき、極上青春ファンタジー！
ふ-35-11

（　）内は解説者。品切の節はご容赦下さい。

福田和代
バベル
ある日突然、悠希の恋人が高熱で意識不明となってしまう。感染爆発が始まった原因不明の新型ウイルスに、人間が立ち向かう術はあるのか？　近未来の日本を襲うバイオクライシスノベル。

ふ-45-1

藤崎彩織
ふたご
彼はわたしの人生の破壊者であり、創造者だった。異彩の少年に導かれた孤独な少女。その苦悩の先に見つけた確かな光とは。第158回直木賞候補となった、鮮烈なデビュー小説。（宮下奈都）
ふ-46-1

誉田哲也
武士道セブンティーン
スポーツと剣道、暴力と剣道の狭間で揺れる17歳、柔の早苗と剛の香織。横浜と福岡に分かれた二人は、別々に武士道とは何かを追い求めてゆく。「武士道」シリーズ第二巻。（藤田香織）
ほ-15-3

誉田哲也
増山超能力師事務所
超能力が事業認定された日本で、能力も見た目も凸凹な所員たちが、浮気調査や人探しなど悩み解決に奔走。異端の苦悩や葛藤を時にコミカルに時にビターに描く連作短編集。（城戸朱理）
ほ-15-7

誉田哲也
増山超能力師大戦争
超能力関連の先進技術開発者が行方不明となり、妻から調査を依頼された事務所の面々。だが、やがて所員や増山の家族にも危険が及び始めて——。人気シリーズ第二弾。（小橋めぐみ）
ほ-15-9

本城雅人
崩壊の森
日本人記者・土井垣侑が降り立ったソ連は「特ダネ禁止」の場所だった。謎の美女、尾行、スパイ。ソ連崩壊を巡る情報戦を圧倒的リアルさで描くインテリジェンス小説の傑作！（佐藤　優）
ほ-18-5

万城目　学
プリンセス・トヨトミ
東京から来た会計検査院調査官三人と大阪下町育ちの少年少女が、四百年にわたる歴史の封印を解く時、大阪が全停止する!?　万城目ワールド真骨頂。大阪を巡るエッセイも巻末収録。

ま-24-2

（　）内は解説者。品切の節はご容赦下さい。

真山　仁
コラプティオ
震災後の日本に現れたカリスマ総理・宮藤は、原発輸出を推し進めるが、徐々に独裁色を強める政権の闇を暴こうとするメディアとの暗闘が始まる。謀略渦巻く超本格政治ドラマ。（永江　朗）
ま-33-1

真山　仁
売国
日本が誇る宇宙開発技術をアメリカに売り渡す「売国奴」は誰だ!?　検察官・冨永真一と若き研究者・八反田遥。そして「戦後の闇」が二人に迫る。超弩級エンタメ。（関口苑生）
ま-33-2

真山　仁
標的
東京地検特捜部・冨永真一検事は、初の女性総理候補・越村みやび厚労相の、サービス付き高齢者向け住宅をめぐる疑獄を追う。「権力と正義」シリーズ第3弾！（鎌田　靖）
ま-33-3

又吉直樹
火花
売れない芸人の徳永は、先輩芸人の神谷を師として仰ぐようになる。二人の出会いの果てに、見える景色は。第一五三回芥川賞受賞作。受賞記念エッセイ「芥川龍之介への手紙」を併録。
ま-38-1

円居　挽
キングレオの冒険
京都の街で相次ぐ殺人事件。なぜか全てホームズ譚を模していた。「日本探偵公社」の若きスター・天親獅子丸が解明に乗り出すと、謎の天才犯罪者の存在が浮かび……。（円堂都司昭）
ま-41-1

円居　挽
キングレオの回想
獅子丸は、天才的頭脳の少年・論語から、ある女性の正体を知りたいと依頼を受ける。一方、助手の大河には、さる高貴な男性の醜聞が持ち込まれ……。巻末に描き下ろし漫画を収録。
ま-41-2

円居　挽
キングレオの帰還
行方不明だった獅子丸が京都に帰ってきた！　しかし、大河の私生活に起きた大きな変化に激しく動揺する。さらに、久しぶりに入った自身のオフィスには、驚愕の事態が待っていた。
ま-41-3

（　）内は解説者。品切の節はご容赦下さい。

宮尾登美子
鬼龍院花子の生涯
大正四年、鬼龍院政五郎は故郷・土佐に男稼業の看板を掲げる。〝男〟を売る社会のしがらみと、彼を取巻く女たちの愛憎入り乱れる人生模様を独自の艶冶の筆にのせた長篇。（青山光二）
み-2-13

水野敬也
雨の日も、晴れ男
二人の幼い神のいたずらで不幸な出来事が次々起こるアレックスだが、どんな不幸に見舞われても前向きに生きていく……人生で一番大切な事は何かを教えてくれる感動の自己啓発小説。
み-35-1

三浦しをん
まほろ駅前多田便利軒
東京郊外〝まほろ市〟で便利屋を営む多田のもとに、高校時代の同級生・行天が転がりこんだ。通常の依頼のはずが彼らにかかると、ややこしい事態が出来《しゅったい》して。直木賞受賞作。（鴻巣友季子）
み-36-1

三浦しをん
まほろ駅前番外地
東京郊外のまほろ市で便利屋を営む多田と行天。汚部屋清掃、遺品整理に子守も多田便利軒が承ります。まほろの愉快な奴らが帰ってきた！　七編のスピンアウトストーリー。（池田真紀子）
み-36-2

三浦しをん
まほろ駅前狂騒曲
多田と行天に新たな依頼が。それは夏の間、四歳の女児「はる」を預かること。男手二つで悪戦苦闘していると、まほろ駅前では前代未聞の大騒動が。感動の大団円！（岸本佐知子）
み-36-4

道尾秀介
月と蟹
二人の少年と母のない少女、寄る辺ない大人達。誰もが秘密を抱えるなか、子供達の始めた願い事遊びはやがて切実な儀式に変わり——哀しい祈りが胸に迫る直木賞受賞作。（伊集院　静）
み-38-2

道尾秀介
スタフ　staph
ワゴンの移動デリを経営するアラサーでバツイチの夏都。あることをきっかけに、中学生アイドル・カグヤとその親衛隊に出会い、芸能界の闇を巡る事件に巻き込まれていく。（間室道子）
み-38-4

（　）内は解説者。品切の節はご容赦下さい。

宮下奈都
田舎の紳士服店のモデルの妻
ゆるやかに変わってゆく。私も家族も――田舎行きに戸惑い、夫とすれ違い、子育てに迷い、恋に胸を騒がせる。じんわりと胸にしみてゆく、愛おしい「普通の私」の物語。　（辻村深月）
み-43-1

宮下奈都
羊と鋼の森
ピアノの調律に魅せられた一人の青年が、調律師として、人として成長する姿を温かく静謐な筆致で綴った長編小説。伝説の三冠を達成した本屋大賞受賞作、待望の文庫化。　（佐藤多佳子）
み-43-2

宮下奈都
静かな雨
行助はたいやき屋を営むこよみと出会い、親しくなる。こよみは事故に巻き込まれ、新しい記憶を留めておけなくなり――。文學界新人賞佳作のデビュー作に「日をつなぐ」併録。　（辻原　登）
み-43-3

湊　かなえ
望郷
島に生まれ育った私たちが抱える故郷への愛、憎しみ、そして憧憬……屈折した心が生む六つの事件。日本推理作家協会賞・短編部門を受賞した「海の星」ほか全六編を収める短編集。　（光原百合）
み-44-2

水生《みずき》大海《ひろみ》
ひよっこ社労士のヒナコ
ひよっこ社労士の雛子（26歳、恋人なし）が、クライアントの会社で起きる六つの事件に挑む。労務問題とミステリを融合させた新感覚お仕事小説、人気シリーズ第一弾。　（吉田伸子）
み-51-2

新井素子・宮内悠介　ほか・人工知能学会　編
人工知能の見る夢は
AIショートショート集
日本を代表するSF作家たちのショートショートをテーマ別に編集し、各テーマについて第一線の研究者たちがわかりやすい解説を執筆。人工知能の現在と未来がわかる一冊。
み-55-51

村山由佳
星々の舟
禁断の恋に悩む兄妹、他人の恋人ばかり好きになる末っ子、居場所を探す団塊世代の長兄、そして父は戦争の傷痕を抱えて――愛とは、家族とはなにか。心震える感動の直木賞受賞作。
む-13-1

女ともだち
村山由佳・坂井希久子・千早　茜・大崎　梢
額賀　澪・阿川佐和子・嶋津　輝・森　絵都

人気女性作家8人が「女ともだち」をテーマに豪華競作！「彼女」は敵か味方か？　微妙であやうい女性同士の関係を小説の名手たちが描き出す、コワくて切なくて愛しい短編小説集。

む-13-51

コンビニ人間
村田沙耶香

コンビニバイト歴十八年の古倉恵子。夢の中でもレジを打ち、誰よりも大きくお客様に声をかける。ある日、婚活目的の男性がやってきて——話題沸騰の芥川賞受賞作。（中村文則）

む-16-1

カラフル
森　絵都

生前の罪により僕の魂は輪廻サイクルから外されたが、天使業界の抽選に当たり再挑戦のチャンスを得る。それは自殺を図った少年の体へのホームステイから始まって……。（阿川佐和子）

も-20-1

風に舞いあがるビニールシート
森　絵都

自分だけの価値観を守り、お金よりも大切な何かのために懸命に生きる人々を描いた、著者ならではの短編小説集。あたたかくて力強い6篇を収める。第一三五回直木賞受賞作。（藤田香織）

も-20-3

満月珈琲店の星詠み
望月麻衣　画・桜田千尋

満月の夜にだけ開店する不思議な珈琲店。そこでは猫のマスターと店員たちが、極上のスイーツと香り高い珈琲、そして運命を占う「星詠み」で、日常に疲れた人たちを優しくもてなす。

も-29-21

満月珈琲店の星詠み～本当の願いごと～
望月麻衣　画・桜田千尋

家族、結婚、仕事…悩める人々の前に現れる満月珈琲店。三毛猫のマスターと星遣いの店員は極上のメニューと占星術で迷える人を導く。美しいイラストに着想を得た書き下ろし第2弾。

も-29-22

熱帯
森見登美彦

どうしても「読み終えられない本」がある。結末を求めて悶えるメンバーは東奔西走。世紀の謎はついに……。全国の10代が熱狂、第6回高校生直木賞を射止めた冠絶孤高の傑作。

も-33-1